Ministry of Spy Group

機密任務 1

代號X，抓住那個嫌犯！

姜景琇 著

簡郁璇 譯

嗨，我是小藍！

獻給我的小藍

目次

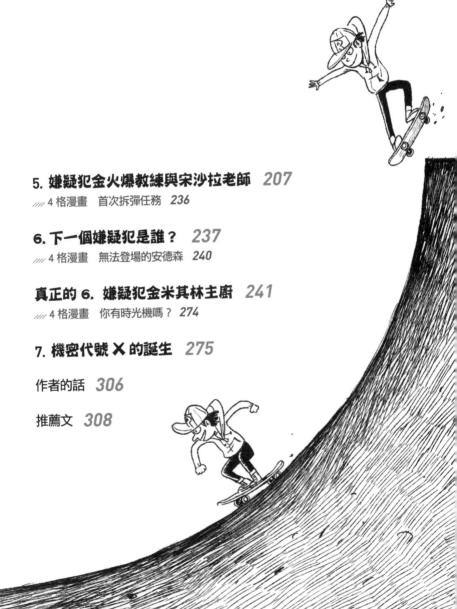

前言

　　大家知道畫面上這群人是誰嗎？他們是酩酊大醉的上班族，還是信奉奇怪宗教、走火入魔的人呢？

　　不！都不是，那是活屍！我是指——真正的活屍！不瞞你說，我也是第一次見到這種活蹦亂跳的活屍啊！就跟你們一樣。

那麼，我是誰呢？

好，從現在開始，我要來說說，為什麼我會被這些活屍包圍的故事了。

1. 老舊的筆記本

嗨！很高興見到你！

雖然剛剛已經打過照面，不過能夠再次見面，真的很開心。

在我說明為什麼被活屍包圍之前，有件事必須先說。那是在一切還天下太平時發生的事……

嗨，
朋友們！

我的名字叫做姜小藍，今年十一歲，正如你所見，我是一個小帥哥，嘿嘿！

我和媽媽兩個人一起住在「一山」這個新市鎮。

我的嗜好是偶爾寫寫饒舌歌詞，不過最近讓我深深著迷的是這個──滑板。

我之所以會為滑板如此瘋狂是因為……

我的偶像是「火箭人」！

我第一眼看到電視上的火箭人自由自在的施展滑板妙招時，我的胸口頓時比電子壓力鍋——哦！不對，是比酷夏的柏油路更滾燙！

我邀了小胖來家裡玩。

我打算讓小胖見識一下我的新技術。

不過，比起我的酷炫滑板特技，小胖對放在桌上的餅乾更感興趣就是了。因為家裡只有我和媽媽住在一起，經常沒大人在，所以我的朋友們三不五時會來玩。根據小胖的親身說法，我媽媽做的菜是世界上最好吃的。（雖然天底下應該沒有小胖覺得不好吃的食物！）

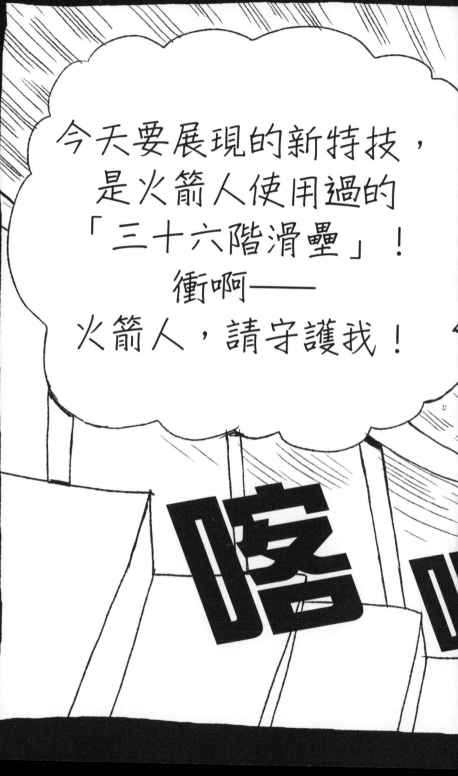

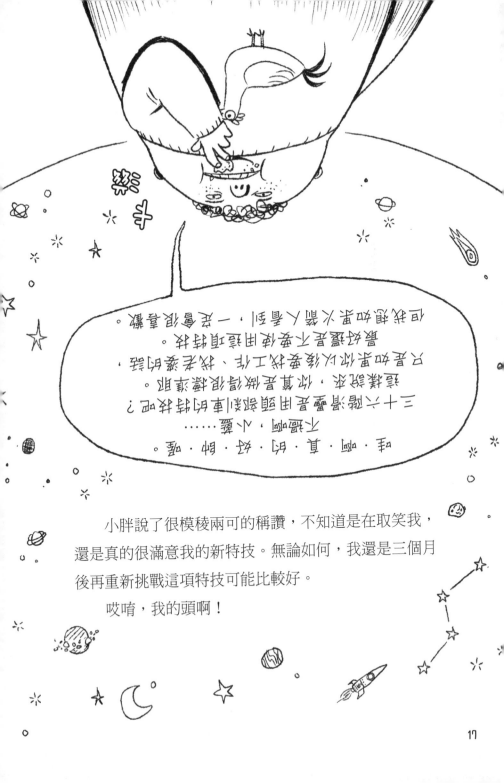

小胖說了很模稜兩可的稱讚,不知道是在取笑我,還是真的很滿意我的新特技。無論如何,我還是三個月後再重新挑戰這項特技可能比較好。

哎唷,我的頭啊!

可是，我在摔跤時弄倒的書櫃上發現了一個可疑的東西。

「小胖，這會是什麼啊？」我問。

但小胖沒有回答。

因為從剛才他就一直狂塞餅乾，塞得滿嘴都是。

「上面寫一級機密，說絕對不能碰耶。」

「……」

小胖還是沒有回答。

看起來十分老舊的筆記本封面上，寫著「宇宙美女紫羅蘭筆」，那大概是筆記本主人的名字吧。

我們當然知道，不能沒有經過主人同意，就偷看別人的筆記本，但是，說是一回事，做的時候又是另一回事，因為我們是十一歲的小孩啊。

假如眼前有一顆紅色的按鈕，就算它可能是發射核彈的按鈕，十一歲的我們大概也會輕輕的去摸摸看，說不定還會用舌頭去碰一碰它呢。

「趕快翻開來看，裡面一定有什麼祕密。上面既然寫是『一級機密』，會不會是什麼犯罪日記啊？真是好奇死了。」

在小胖的催促之下，我只好「無可奈何」的翻開筆記本。我可要事先聲明，不是我想偷看筆記本的喔。（心裡撲通撲通跳。）

我帶著興奮的心情翻開了第一頁。說起來很難為情，但感覺就像我瞞著媽媽去網咖時一樣，心臟狂跳不已。筆記本第一頁上頭有一些五顏六色的手寫字，內容是：

擅自翻開這本筆記本的話，會被埋進阿拉斯加的冰洞裡！

不會吧？
阿拉斯加？

25

筆記本裡寫滿了我看不懂的內容。

接著，我發現了一個讓我不禁懷疑自己眼睛的驚人事情。

＊人物大探索

過了很久，

儘管上次追到日內瓦，最後還是失之交臂的天狼星Ｋ終於再次現身了。我是MSG的祕密特務「李純心」，不，

是紫羅蘭！

（從此刻開始，我要丟掉李純心這個名字，以機密代號「紫羅蘭」重新出發。）

我一定要抓到天狼星Ｋ。

因為這號人物實在太危險了。

為了MSG的未來，我一定要將他繩之以法。

根據情報，天狼星Ｋ前往的地點位於美國東部的沙漠地區。

加油！紫羅蘭，

你辦得到！ ♥

什麼？！

我太吃驚了，就連我要吃的餅乾都被小胖吃光光了，都沒有發現。

李純心，我好像經常聽到這個名字……

因為這就是我媽媽的名字啊。

誰會相信這件事呢？

我媽媽在我這個年紀時，居然是名特務？

無論小胖在我旁邊大聲嚷嚷什麼，我完全聽不進去，媽媽怎麼會是一名特務？

我的腦袋呈現呆滯狀態。（像是在大氣層外飄浮著。）

我的腦袋還是處於呆滯狀態。（也像在水深五千公尺的大海中潛水。）

嗯，我決定把這本筆記本讀過一遍。

「什麼？媽媽去過美國？是有歌手小賈斯汀、流行天后碧昂絲、黑人總統歐巴馬，還有《星際大戰》中出現的機器人 R2 － D2 的美國嗎？」

可惡！我太輕忽了。我還以為這情報來源很準確，沒想到是天狼星K設下的陷阱。在古代流傳下來的詛咒被解開之後，有五十個活屍復活了。這下該怎麼辦？

啊，有了！我有史塔斯基博士給我的最新發明——「滴答滴答」！

「哇！小胖，你看這個，我媽媽不小心解開被詛咒的封印，結果被活屍……喔……喔……」

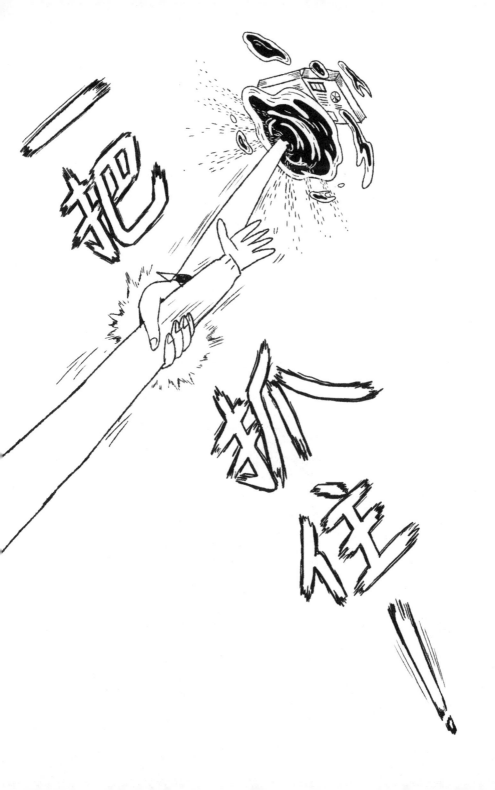

「呃啊啊啊啊啊啊啊啊啊啊！」

我拚命掙扎，避免被拉走。情急之下抓住了小胖的衣角，小胖則抓住了路過的小貓，差點被嚇死九條命的小貓抓住了正在打盹的小狗，小狗又抓住剛好來我們家送信的郵差叔叔，郵差叔叔抓住了手無縛雞之力的奶奶，奶奶又抓住翻找垃圾桶的野生大熊，野生大熊又緊緊抓住了生鮮卡車。

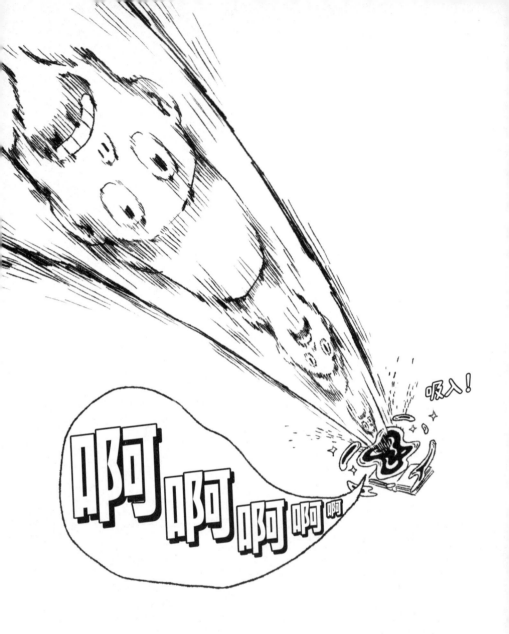

　　筆記本裡突然冒出一隻手拉住我，然後我就被快速
吸進了某個地方。

「咦？小藍？喂，你跑去哪裡了？再不出來，我就要把你的餅乾全部吃光了喔！」

我稍微恢復意識，睜開了眼睛。
頭昏腦脹的張望四周，
眼前站著一個女生。

我嚇了一大跳，猛然爬起來，那個女生卻二話不說就甩我一個耳光，並問我：

「快醒醒啊，探員先生！你叫什麼名字？」

「什麼？我、我叫做小藍啊。」
「小藍探員，我是『紫羅蘭』。」

「你是為了協助我，所以才被召喚到這裡。從現在開始，你要遵從我的命令，一起逃離這個地方。」

這是在做夢嗎？還是真實發生的？她叫做紫羅蘭？是寫那本一級機密筆記本的宇宙美女紫羅蘭？所以這個女生就是我「媽媽」？

這、這怎麼可能……

我還來不及打起精神，「媽媽」就大喊：

「長話短說，史塔斯基博士說只要按下『滴答滴答』的按鈕，就會出現能助我一臂之力的探員，結果出現的就是你。小藍探員，聽懂了的話，我們就快點逃出去吧！」

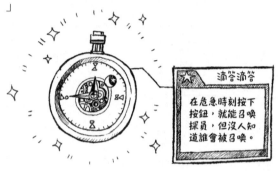

滴答滴答

在危急時刻按下按鈕，就能召喚探員，但沒人知道誰會被召喚。

「不對，我才不是什麼探員，我是來自 2021 年的平凡小學生。我只是個喜歡火箭人和滑板的十一歲小朋友，能幫上什麼忙啊？」

「很好，很出色，原來你已經接受了很澈底的訓練，不過小藍探員，現在請把那些全部忘掉，展現你實力的時候到了。」

還有，現在是1991年。

「呃喔喔喔喔喔喔喔！」

就在此時，一群活屍開始從後頭包圍我們。

媽媽不知道從繫在腰上的小熊腰包裡取出了什麼，

開始朝活屍胡亂揮舞。

「還不給我滾開！你們這些受詛咒的靈魂！」

我太害怕了，所以企圖逃跑，但這群活屍擋住了我的去路。我別無他法，只能用帶在身上的滑板攻擊這些活屍。

哇！看看我，我居然這麼擅長打架，沒想到平時鍛鍊的滑板技術會在這裡派上用場。要是火箭人看到我的表現，一定會替我鼓掌叫好。

好！緊接著來展現一下 360 度跳轉動作！

「嚇！」

但我還沒學會 360 度跳轉這項技術，結果在一群活屍面前跌個狗吃屎。

那些活屍沒有錯過這個大好機會，將我團團包圍。

「啊啊！救救我！」
我像是個做惡夢的寶寶般哇哇大叫。

還有，萬一被活屍咬到，我也會變成活屍吧！我想像了一下未來會發生的事⋯⋯

可是，就在此時⋯⋯

　　「媽媽」宛如電影中的英雄般現身，接著用迴旋踢帥氣的踢飛了活屍。那畫面實在太夢幻了，我看得出神，呆呆望著媽媽精彩的表現。

小藍探員，現在要逃出去了，打起精神，跟著找走！

好，好！

轉身

媽媽從可愛的小熊腰包裡拿出可疑的珠子扔向活屍。

接著，她敏捷的拉住我的手。

「這是特殊的『胡椒炸彈』，裡面塞滿了墨西哥農夫手工的微辣風味胡椒。快過來這邊！」

媽媽緊緊抓住我的手,以迅雷不及掩耳的速度邊跑,邊喃喃自語:

「被擺了一道……居然被天狼星K擺了一道。」

雖然我不知道天狼星K是誰,不過我知道他就是紫羅蘭,不對,是「媽媽」要找的重要人物。

但比那件事更重要的是——現在有一群活屍在後頭窮追不捨啊！

「該死！事情變棘手了，受詛咒的活屍絕對不會輕易放棄。」

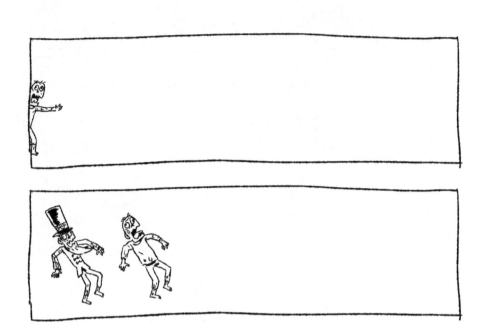

「啊啊！」

雪上加霜的是，我們已經被逼到懸崖盡頭了。這是
在搞什麼啊？！

我和小胖本來享受著平靜祥和的時光，為什麼會突
然回到「過去」，不但被一群活屍追殺，現在還險象環
生的站在懸崖邊呢？真是的！

但是「媽媽」很沉著冷靜的命令我……

我只好按照「媽媽」說的去做。

可是……

媽媽

　朝空中一躍，

　　身體往懸崖底下

　　　墜落了。

特務就是用這種方法躲避活屍嗎？我實在
太害怕了，所以緊緊的閉上雙眼。

難為情

嘿嘿，
抱歉。

「是是，李純心女士。」

我也不自覺的跟著點頭。

「話說回來，小藍探員！你的暗號名，也就是說，

你的機密代號是小藍嗎？」

「不是，我的名字就叫做小藍。」

消失的小藍

2. 世界情報局 MSG (Ministry of Spy Group)

「是這裡嗎？」

「沒錯。」「媽媽」非常洋洋得意的說。

「這裡就是世界情報局？」

因為下直升機後，我們抵達的地方是個隨處可見的
小報攤。

它長得實在太過平凡，所以我有一點點失望。

不過，後來才知道這是個天大的誤解。

「媽媽」打開角落的門，把我推進去之後，取出了讀者文摘六月號的雜誌，接著對喇叭說「MSG」。

接著，發生了驚人的事。

嘟嘟嘟嘟嘟嘟！

小報攤內部就像電梯般往下降落。

在小報攤的電梯內看到的景象
真的好壯觀。我們先經過停滿地下
廣場的停機坪，再往下就是遊樂園。

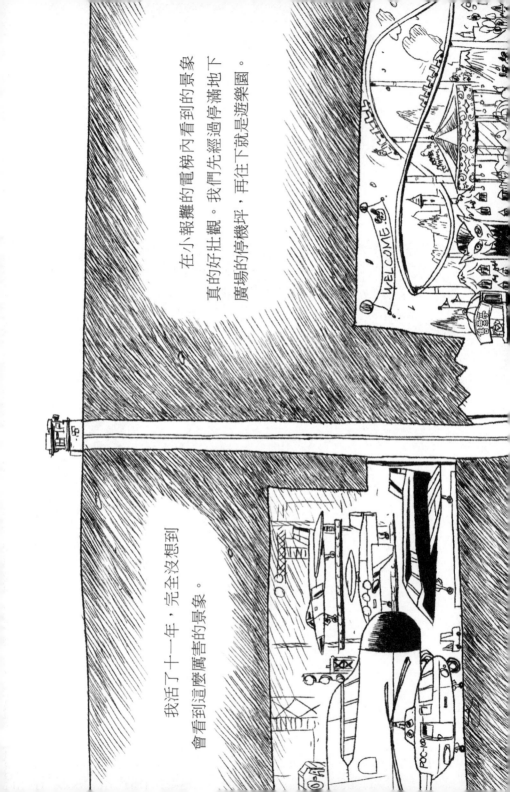

我活了十一年，完全沒想到
會看到這麼厲害的景象。

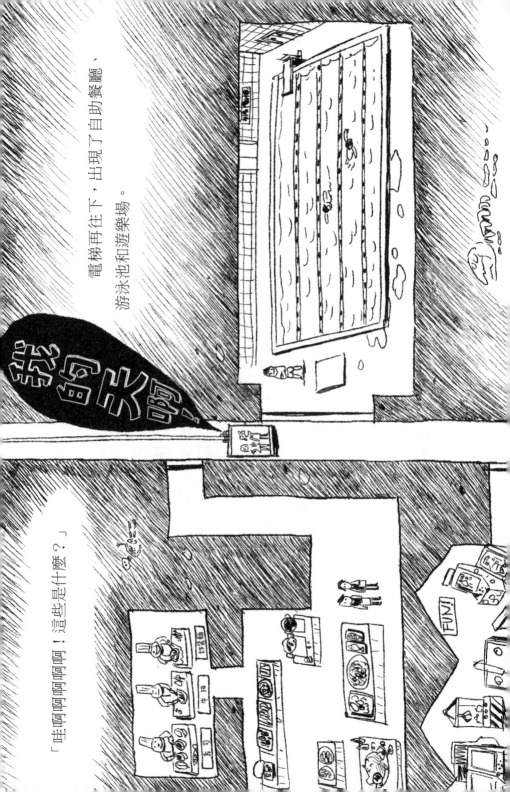

電梯再往下，出現了自助餐廳、游泳池和遊樂場。

我的天啊！

「哇啊啊啊啊啊！這些是什麼？」

「歡迎你來到世界最大的情報局 MSG，這裡是比美國的 CIA、英國的 MI5、以色列的 Mossad，還有蘇聯的 KGB 等級更高的情報機關，叫做『世界情報局 MSG』。」
「MSG ？」

「沒錯，就是暗地裡進行情報活動、維持世界和平的政府機關。什麼嘛！既然你隸屬 MSG，不是應該做一點功課嗎？」

我張大嘴巴，走在長長的走廊上，想起在 2021 年那種經常練習滑板和饒舌音樂的生活，突然有種不祥的預感，總覺得那種平凡的生活好像已經離我很遠，再也不會回來了。

　　走廊兩側掛了一整排新聞報導。

「1975 年某月某日 UFO 進攻。當時並不是真的有外星人出現，而是蘇聯發射的洲際彈道飛彈被我們擊落了。」

「也就是說，我們阻止了恐怖分子的陰謀，讓 1988 年首爾奧運可以順利進行。」

「以一張照片震驚全世界的『尼斯湖水怪』，其實是我們當時在進行實驗的新型潛水艇。」

要我相信這些是真的？

就在我說出「可是，『媽媽』……」的瞬間，我感覺到了一股可怕的殺氣。

「不准再這樣叫我！我不想還沒談戀愛，就突然冒出一個兒子！」

我又不是什麼從石頭蹦出來的孩子，連自己的媽媽也不能喊媽媽喔？

「那個，你應該知道我來自 2021 年，所以說啊，能不能把我送回那時候？雖然那邊有人會欺負我，但至少生活過得還不賴。」

「媽媽」一臉讚嘆的說：

「媽媽」一邊打開大門，一邊繼續說：
「你自己親自向鬥牛犬局長說吧。」
「鬥牛犬局長？」
「對啊，他是我們 MSG 情報局的最高負責人。」
　怎麼會有這種代號啊？既然貴為局長，還以為會使
用更帥氣的名字呢。

最後我們走進一個房間，看見鬥牛犬局長背對我們的身影。

接著，鬥牛犬局長轉過身時，我的靈魂差一點就跳出來了。

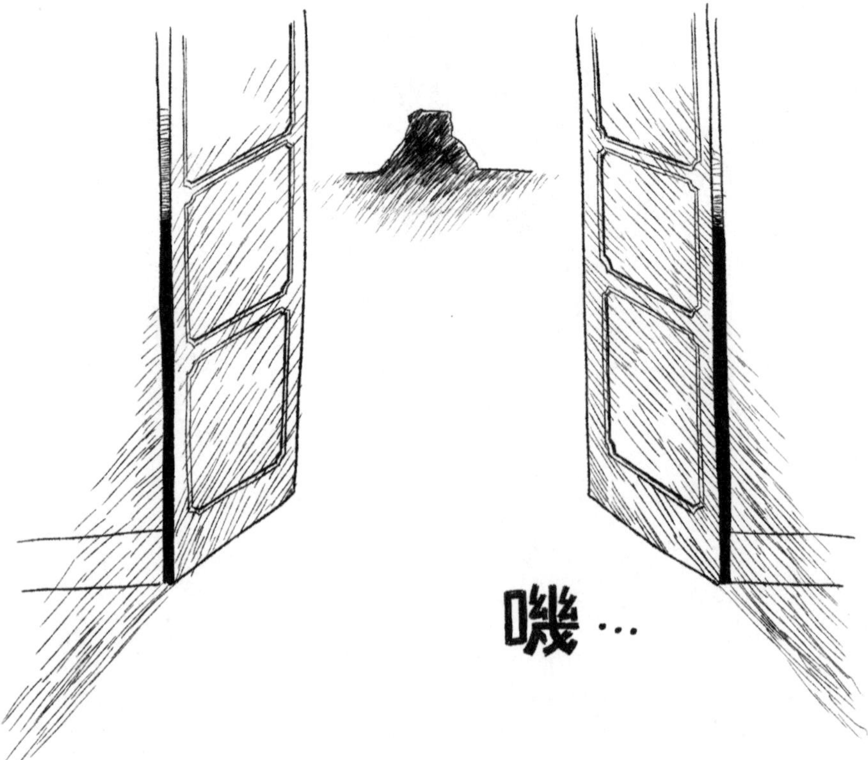

因為他是「真正的鬥牛犬」！

鬥牛犬局長將臉湊過來，害我嚇得跳了起來。

怎麼沒有一件事是正常的，一下子是活屍，一下子又是會說話的鬥牛犬和貴賓狗……

突然間一陣暈眩，我覺得頭好昏。

「媽媽」替我介紹了辦公室內的鬥牛犬局長、祕書貴賓狗小姐，還有史塔斯基博士。

他們同時問了我相同的問題。

所以我用震撼靈魂的聲音唱起我的故事，
結果……

「哇！真的訓練得很好耶，真是了不起的探員。」

可惡，他們根本是因為我能進入戒備這麼森嚴的建
築物，所以才把我當成了不起的探員吧。

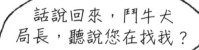

話說回來，鬥牛犬局長，聽說您在找我？

是啊，紫羅蘭探員，我有個任務要交給你。

該不會又是像上次一樣無聊的任務吧？

這件事會讓你大吃一驚，有人威脅我們MSG。

驚 嚇

什麼？威脅我們情報局？!

這四個人非常熱烈的討論起威脅案件。

「這怎麼可能？是誰這麼大膽，竟敢威脅 MSG ？」

「紫羅蘭探員，說真的，過去我們在全世界樹立了很多敵人，要置我們於危險的傢伙實在多到數不清。」鬥牛犬局長摸摸下巴回答。

「好，為了做祕密簡報，我要把燈關掉。」

史塔斯基博士說完後，整個辦公室隨即變得黑漆漆的。

大家請看這個部分。這次威脅案件就是從這裡開始的。

什麼！居然有這種事？呵呵。

這個案件果然很驚人耶。

尤其是這裡，從這邊開始非常重要，請仔細看清楚。

這時，博士對我說：

「啊！差點忘記把這個給你了。為了保密，這是可以在黑暗中讀到簡報內容的『紫外線眼鏡』。」

「博士，謝謝您。」

現在，我才總算能看到在房間內浮現的畫面。」

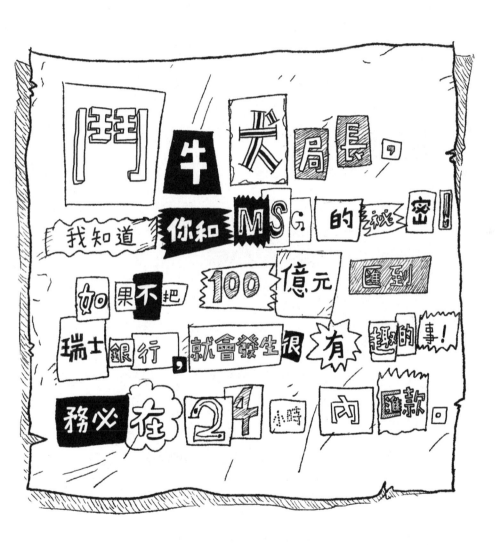

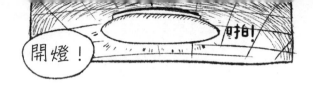

開燈！

鬥牛犬局長面紅耳赤的看著威脅信，臉上冒出了青筋。

「汪汪！是誰這麼大的膽子，竟敢威脅 MSG，我一定會讓他後悔莫及！」

鬥牛犬局長請貴賓狗祕書小姐拿含有咖啡因的狗餅乾給他，繼續說道：

「如果我是一般的鬥牛犬，收到這種信之後，大概只會不停發抖，嚇得尿溼腳踏墊，但我可是從三歲開始就馳騁全世界戰場，我會讓他們明白，這種事是嚇唬不了我的。」

「史塔斯基博士，有追蹤到嫌疑犯的下落嗎？」

史塔斯基博士

MSG的首席技術博士
開發各種情報武器，
現在與家人分隔
兩地生活，
所以心情很憂鬱。

「史塔斯基博士是我們MSG最傑出的技術顧問。」
「喔喔。」

為什麼說話
這麼小聲？

「好的，請仔細看看，這些是運用了人造衛星追蹤到投遞威脅信的郵筒畫面，我追蹤了可能犯罪時間前後二十四小時的照片。」

「這些是那天使用郵筒的人。」

「哇！太厲害了，博士，所以您的意思是，犯人就在這些人之中。」

因為情報局的印表機故障，所以有兩張照片。但是兩張照片有七個不同的地方，身為優秀情報員的你，一定馬上就可以找出來。

(限時五分鐘)

「好！只要一一調查這些人，就可以抓到犯人了！」
鬥牛犬局長露出了欣慰的笑容。

原來1991年主要
還是透過信件往來啊；
使用電子郵件快多了……
不然用Line也更方便吧？

「紫羅蘭探員，這次威脅案件就交給你了，請在二十四小時內找出寫這封威脅信的犯人吧！」

氣氛突然變得很熱血沸騰，好像完全沒人把我放在眼裡。

「請您同意讓小藍探員成為我的搭檔，他的決鬥技術很出色呢。」

什麼？又要拖我蹚這個渾水？哎唷，媽媽！

「知道了，我答應你。」

這時，「媽媽」悄聲的對我說：

於是，我們兩個擊掌，說好要同心協力。

　　「安靜一點，小藍探員，這件事不能隨便說出來。
把嘴巴封住，知道了嗎？」
　　「是、是。」

雖然不懂為什麼，不過這裡好像禁止提到天狼星K的事情。

總而言之，我跟在史塔斯基博士和「媽媽」的後面走著，可是，背後卻有股令人不快的氣息。

「新來的情報員原來是你啊。」

「呃啊！搞什麼？你怎麼會從我背後冒出來？」

　　我的後面站了一個看起來很令人覺得不舒服的男生，正用令人不開心的眼神打量著我。

　　他是個從頭到腳都讓人覺得不舒服的傢伙。

「我來自我介紹一下，我是 R，是 MSG 的實習情報員。」

R 露出陰險的眼神，朝我伸出手。

「喔，是喔，很高興見到你，我叫做小藍。」

呃啊！看到這傢伙令人不舒服的眼神時，我就應該要料到的……他很顯然不喜歡我。

呃，我也想啊，可是想回到 2021 年哪有這麼容易！

　　光是成為「媽媽」的搭檔，就已經讓好多人眼紅、討厭我，我有種不祥的預感，總覺得接下來我的麻煩可大了。

「姜藍，在做什麼？趕快過來。」

哎唷，竟然省略「小」字，用簡稱叫我，2021 年的媽媽就是這樣叫我的……

這個跟我同年齡的「媽媽」也這樣叫我……

我們跟著史塔斯基博士來到研究室，博士已經替我們準備了幾個這次任務會用上的祕密武器。

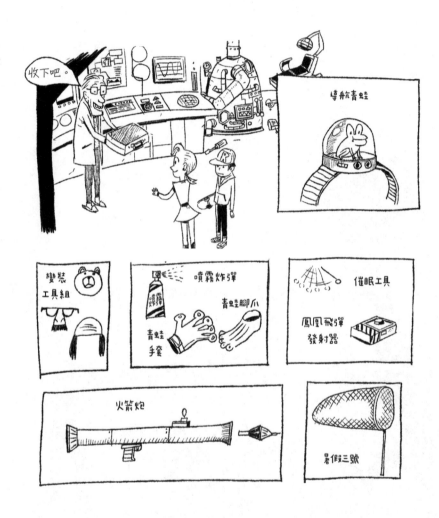

「紫羅蘭探員，除了這些，我還準備了好幾種武器。」
「謝謝您，博士，您果然是最棒的！」

「還有，我會將嫌疑犯身分情報的全像投影資料傳輸到手環上，紫羅蘭探員，你再留意一下。」

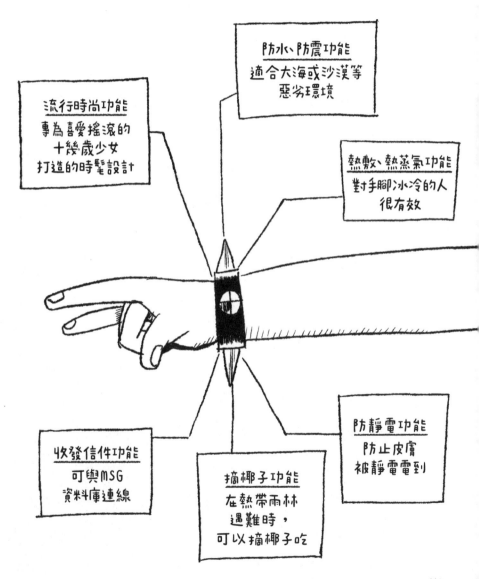

防水、防震功能
適合大海或沙漠等
惡劣環境

流行時尚功能
專為喜愛搖滾的
十幾歲少女
打造的時髦設計

熱敷、熱蒸氣功能
對手腳冰冷的人
很有效

收發信件功能
可與MSG
資料庫連線

摘椰子功能
在熱帶雨林
遇難時，
可以摘椰子吃

防靜電功能
防止皮膚
被靜電電到

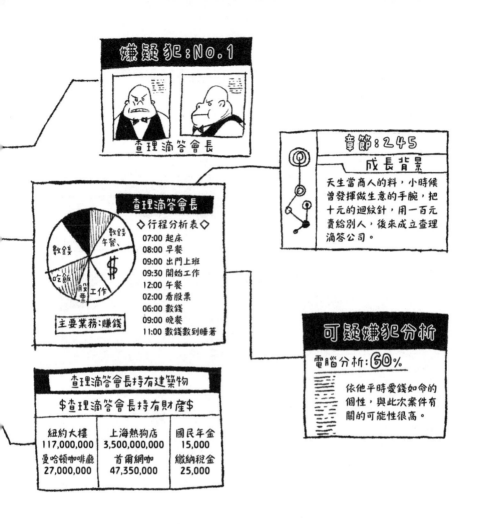

「哇！真是一目了然耶，謝謝您，史塔斯基博士。」

「紫羅蘭探員，我一直都把你當成女兒看待，因此你一定要時時留意，處處小心。」

「好的，博士，請別擔心我。小藍探員，我們出發吧。」

「博士，您之前說的那個，準備好了嗎？」

呼！當然囉！
「眼珠轉圈圈No.2」
隨時準備就緒。

新武器測試總
是刺激萬分。

這又是什麼意思？

　　就像聽到「今日午餐是烤高麗菜！」一樣，光聽到
名稱就令人不安。

「請來這邊，坐到我的最新發明——超短距離移動
器『眼珠轉圈圈 No.2』上頭。」

史塔斯基博士讓我坐在椅子上，接著替我繫上安全帶。

　　「別太擔心，馬上就結束了。」

但我有種不祥的預感，全身汗毛都豎了起來。

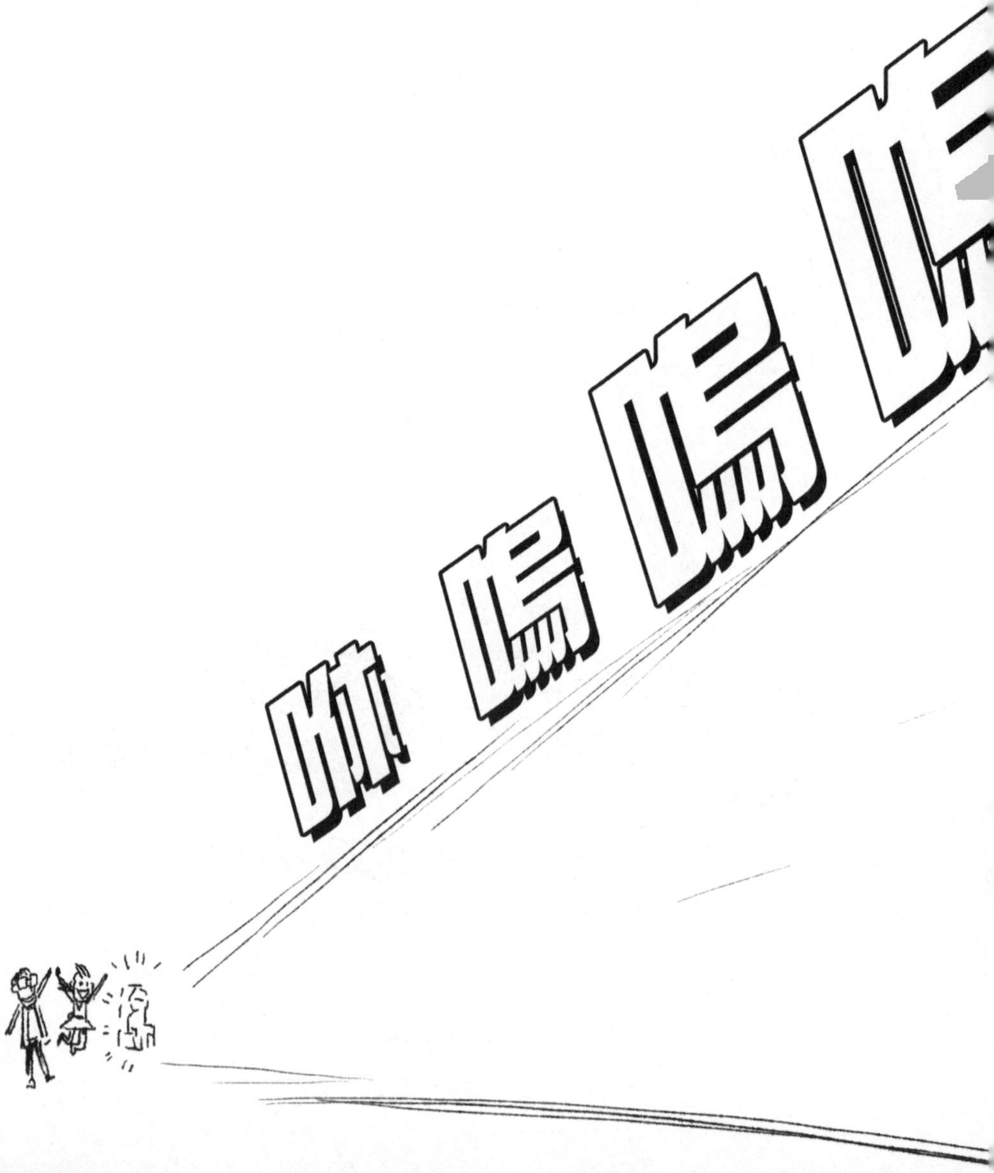
咻嗚

「哇啊啊啊啊啊啊啊啊啊啊！」

史塔斯基博士的發明，根本⋯⋯根本就是人類彈弓嘛！雖然速度是真的很快啦。

只是，要怎麼安全降落啊？

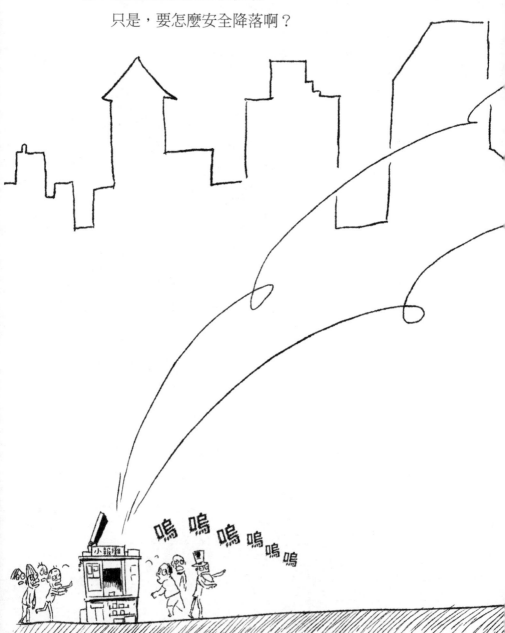

帥氣的實習情報員 R

MSG最傑出的探員、我的偶像「紫羅蘭探員」，我什麼時候能成為你的搭擋？

R！大新聞！
紫羅蘭決定新搭擋了！

什麼?!

這個長得一副傻樣的傢伙，竟然是紫羅蘭的搭擋？
不可思議！

耳朵好癢。

喂，我們握個手吧？

喔，好。

帥氣的我！

嗚!

嗚!

喔

3. 嫌疑犯查理滴答會長

這個人是我們要見的第一號嫌犯「查理滴答會長」。

查理滴答公司的執行長,連續十二年榮登世界十大有錢人,而且他擁有的錢已經超級無敵多了,還是沒有想停止賺錢的念頭。

這裡是查理滴答會長所在的「賽博坦系統公司」,
下面兩個黑點就是我和「媽媽」。

雖然「眼珠轉圈圈 No.2」真的超級快，但它有個缺點，那就是——它完全不管你會怎麼降落。

呃啊啊啊！從這裡掉下去，應該會粉身碎骨吧？

媽媽取下一邊的耳環，並在大樓玻璃窗上畫了一個圓，接著一塊圓形玻璃就掉下來了。

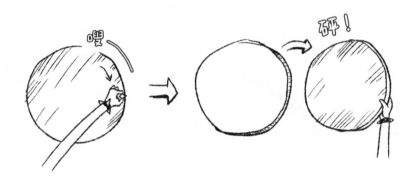

我們爬入打穿的玻璃窗，順利進入查理滴答會長的大樓。

但是，我們不知道有一雙眼睛正在監視我們。

「媽……不對，紫羅蘭，這裡這麼大，要怎麼找到查理滴答會長？」

「這個嘛，先沿著這條走廊到大樓最頂端，就會知道了吧？」

但是，沒有這個必要了，因為眼前的巨大螢幕中出現了我們要找的人物——查理滴答會長。

哼！入侵者！歡迎來到賽博坦系統公司，我很清楚你們的目的——一定是貪圖我的錢，所以才潛入這裡吧！因為世界上所有人都對我的錢虎視眈眈。而且，一看就知道，你們是身無分文的窮光蛋。

　　查理滴答會長早就透過監視器，對我們的行蹤瞭若指掌。

　　「這下正好，查理滴答會長，我們有件事想要問你。」

「想得美，我可沒有這個閒工夫和你們講話。哎呀、哎呀，我寶貴的時間已經白白虛度三分鐘了，這對於年薪高達一千兩百億的我來說是天大的損失。三分鐘就夠我吃完十個啾啾漢堡、五個起司漢堡，加上五塊雞塊，可樂續杯十二次了！」

可樂12杯（包含續杯）

「想要彌補這些損失，就別再占用我的寶貴時間，現在立刻去『咻咻漢堡店』打工吧！」

「我們可不是為了這種單純目的而來。我們是世界情報局 MSG 的探員，有幾件事要問問你。」

哦哩

　　查理滴答會長拉下搖桿後，走廊旁邊的門開啟了。

　　「就用賽博坦系統公司最新技術開發的機器人軍團來負責解決你們吧。噢！這麼快就到了要去賣股票的時間，為了獨吞那些小螞蟻投資者的錢，我先閃人啦，你們就和機器人軍團一起共度美好時光吧，哈哈哈哈哈哈！」

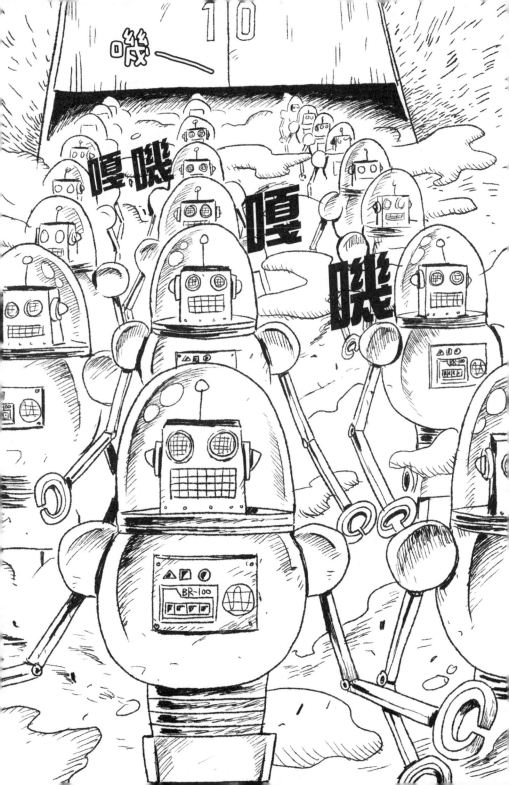

我們眼前立刻出現了一整排機器人，完全看不到盡頭。

　　「呃，這下怎麼辦？我還沒學會火箭人的三十六階滑壘，就要先上西天了。」

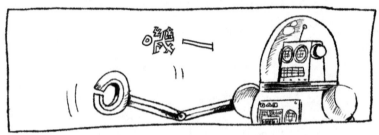

機器人的手中蹦出了一把機關槍。

「小藍探員，你會跳繩嗎？」

「什麼？」

「你的跳繩厲不厲害？」

說完，「媽媽」從小熊腰包拿出跳繩給我。

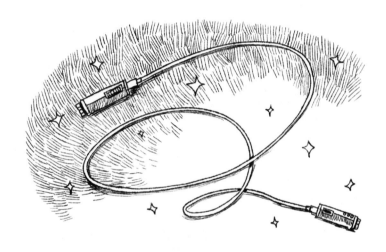

「要是不想嚐到子彈的滋味，從現在開始，你必須瘋狂跳繩，跳到雙腳著火為止。」

什麼意思啊？

　　機器人同時掃射機關槍，而我按照「媽媽」的指示開始跳繩。但看到那些子彈紛紛朝我飛來，我嚇得閉緊雙眼。

結果，發生了驚人的事。

多虧了「全擋跳繩」，我們才能逃過一劫。但是它有個缺點，就是停止跳繩的那一刻，就要和世界說掰掰了，我好喘啊！

還有現在……現在……呼呼，我快累死了……所以別跟我講話！呼呼。

發現子彈攻擊不管用後，機器人改成肉搏戰。

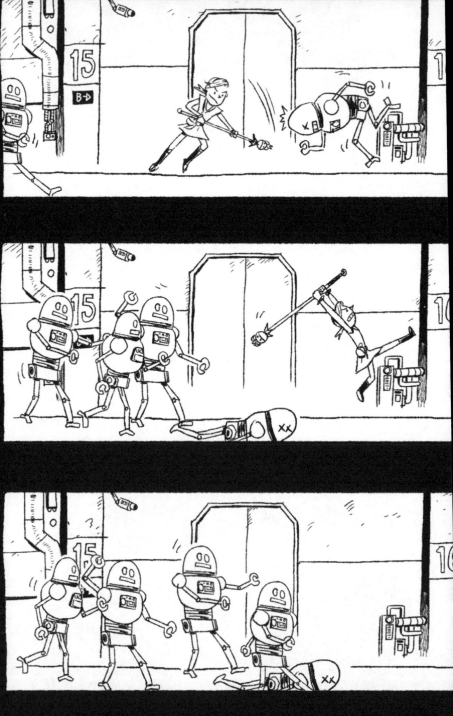

看到「媽媽」對抗查理滴答會長的機器人的身手，果真是世界最頂尖的情報員，當之無愧。不過我突然想到：年紀輕輕的「媽媽」，是如何成為 MSG 最頂尖的情報員呢⋯⋯

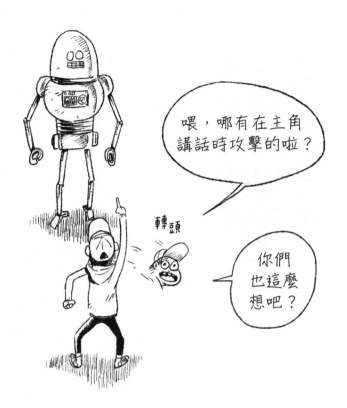

主角在思考、變身或合體時，一定要先等他完成動作，但這些古董機器人連漫畫的基本原則都不懂，就把我當成攻擊目標。嗚……

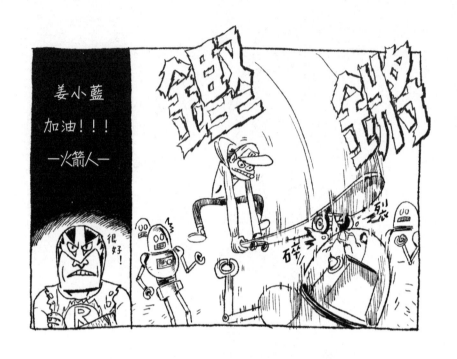

我受不了了。這些可惡機器人，讓你們見識一下火箭人的技術！

我生氣的用滑板狂打機器人。

哎唷，我也滿會打架的嘛。

站在一旁的「媽媽」對我舉起大拇指。

「小藍探員，再打下去會沒完沒了，我們騰空跨越這些廢物，一口氣奔向查理滴答會長吧！」

「你看一下我的小熊腰包！」
跨越那些古董機器人的同時，「媽媽」大喊著。
我按照她說的去做，發現裡面裝了這種東西——

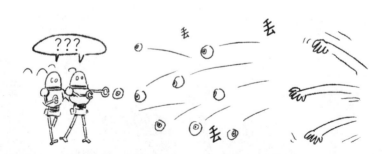

「不是啦，那是『眼球炸彈』，把炸彈丟向機器人，阻止它們追上來！」

終於，我們來到查理滴答會長的辦公室。

「查理滴答會長！我們知道你就在這扇門後面，乖乖出來吧，不然我們就闖進去了。」

既然如此，何必叫他出來咧？

查理滴答會長顯然不會現身，所以我們只好破門而入，闖進會長室。

「哈哈哈！兩位情報員，你們現在才到啊？遲了一步囉。」

查理滴答會長坐在椅子上，忽然整個人騰空飛起，逃到大樓外面去了。本來我們以為錯過機會了，但那是錯覺⋯⋯

查理滴答會長發射機器人鐵拳，
但「媽媽」輕輕鬆鬆就躲開了。

「你們這些傢伙毀了我的大樓，光是損失金額就高達三千七百二十四萬五千元了！」

「你在說什麼呀！明明是你自己揮出機器人鐵拳毀掉大樓的。」

損失金額讓查理滴答會長失去了理性，他開始很激動的胡亂攻擊。

「媽媽」從小熊腰包取出了火箭炮。

這東西怎麼會從那裡跑出來？

實在太神奇了。

「局長，第三緊急情況，我要求發射鳳凰飛彈。」

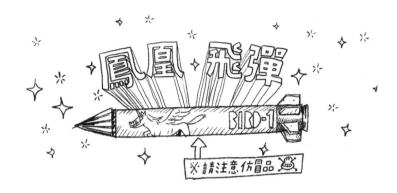

對講機另一頭的鬥牛犬局長情急大喊：

「你現在腦袋正常嗎？鳳凰飛彈太危險了，會讓那一帶全部夷為平地耶。」

「但現在是緊急狀況，敵人用龐大的機器人展開猛烈攻擊，請您同意發射飛彈。」

在「媽媽」與鬥牛犬局長
用無線電講話時，查理滴答會
長依然沒有停止攻擊。

呀啊啊啊啊！

滾動

「『媽媽』，你還好嗎？」
「我警告過你，別再那樣叫我了！話說回來，
我弄丟了鳳凰飛彈發射器，這下該怎麼辦啊？」

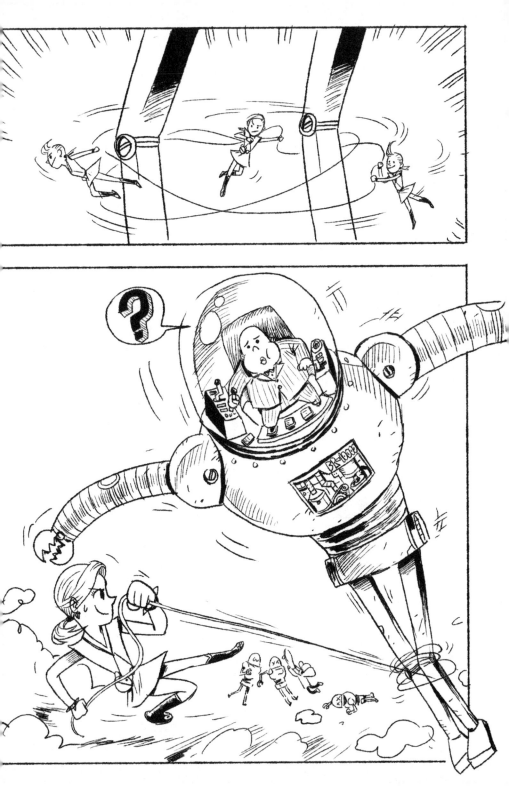

最後，「媽媽」將 BR-10000 的雙腿綁住，成功弄倒了機器人。

機器人倒下的同時，駕駛艙的玻璃也碎裂了，查理滴答會長像是從鳳梨罐頭蹦出來似的，咚咚的滾到我們面前。

「所以嘛，別人好好問你話時，乖乖回答不就好了嗎？」，媽媽說道。

「嗚嗚，不管、不管啦，饒我一命，我不是故意那樣做的。」

威脅 MSG 的犯人果然是查理滴答會長！

「非法出售軍需物資固然不對，但對方說會給我一大筆錢，所以我無法推辭。對不起，如果你們願意睜一隻眼、閉一隻眼，我願意支付給你們一百億元。」

「咦？你說什麼？非法出售武器？你沒有寄威脅信到 MSG 嗎？」，「媽媽」吃驚的問。

「威脅信？我只寫過幸運信，沒有寫過威脅信。我何必寫那種玩意？寫信的時間，我都能賺一百萬了。啊，之前因為炸薯條分量太少，所以我是有寫信去向咻咻漢堡總公司去『抗議』過啦。」

　嗯，查理滴答會長與威脅信無關。事情果然不可能
這麼輕鬆就結束，但是，我有點開心自己還可以再多當
一下情報局探員。

　「查理滴答會長，雖然你不是威脅 MSG 的犯人，
但我要以非法出售軍需物資的罪名逮捕你。」

　「呃。」

「哼！查理滴答會長竟然不是威脅犯，那現在還剩下誰？啊，話說回來，小藍探員！」

「什麼事？」

「媽媽」一臉欣慰的看著我說：

「既然順利完成第一項任務，身為 MSG 首席探員的我，就把這個徽章送給你吧。」

什麼嘛，只是給個徽章而已，卻一副神氣樣。

但我冷靜的收下徽章並別在帽子上，對「媽媽」說：「好啦，下個嫌犯是誰？趕快走吧。」

走路怎麼怪怪的？頭怎麼流血了？是腦震盪嗎？

免費的最好

4. 嫌疑犯海盜傑克銀

　　我們搭乘史塔斯基博士傳來的都市移動器「風火輪」來到碼頭。

　　「局長，我們抵達碼頭了，現在開始追蹤第二號嫌疑犯。」

　　「紫羅蘭探員！希望你能盡早將犯人逮捕到案！」

我們用手環確認了第二號嫌疑犯的情報，他是個
非常陰險的大叔。

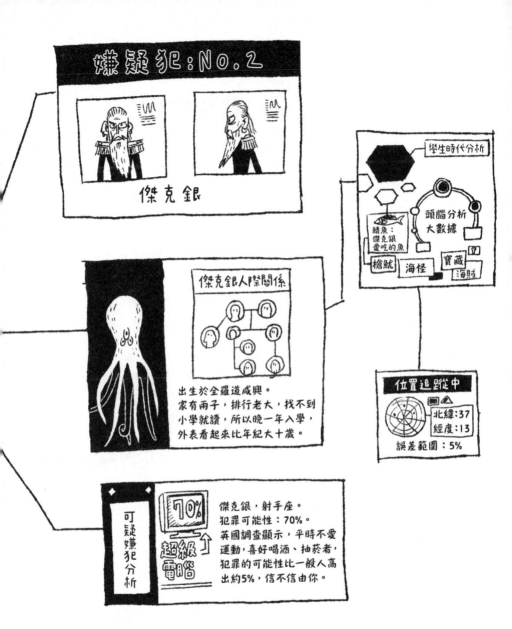

人造衛星偵測到這個「傑克銀」大叔就在這裡的碼頭，沒想到 1991 年的科技也滿先進的嘛。

我朝著離碼頭最近的船問道：

「叔叔，請問這裡有個叫做『傑克銀』的人嗎？」

「你為什麼找那個型男？」

等一下，我搭話的那個大叔就是「傑克銀」啊。

「傑克銀先生，我們是來自世界情報局 MSG 的探員，有幾件事想要⋯⋯啊！」

還沒等「媽媽」說完話，傑克銀就立刻駕船溜之大吉了。

「哼！以為我會乖乖束手就擒嗎？」

果然！威脅 MSG 的犯人就是傑克銀嗎？

即將展開的追擊戰令我心跳加速。

我們搭上碼頭的其中一艘船。

「船上沒有鑰匙耶，怎麼辦？」

說時遲，那時快，「媽媽」毫不留情的用小熊鐵鎚
重擊引擎。

我們隨即緊跟在傑克銀的後頭。

「喂，傑克銀先生！是你寄了威脅信到MSG吧？」

「真是可愛的小姐，我為什麼要回答你的問題？海盜才不會乖乖回答問題呢！」

海盜？那個大叔現在是說「他是海盜」？

不過，我突然開始全身發抖，頭暈目眩，冷汗直流。我都忘記了，在我五歲時差點溺水死翹翹之後，就變得超級怕水。

小藍5歲時

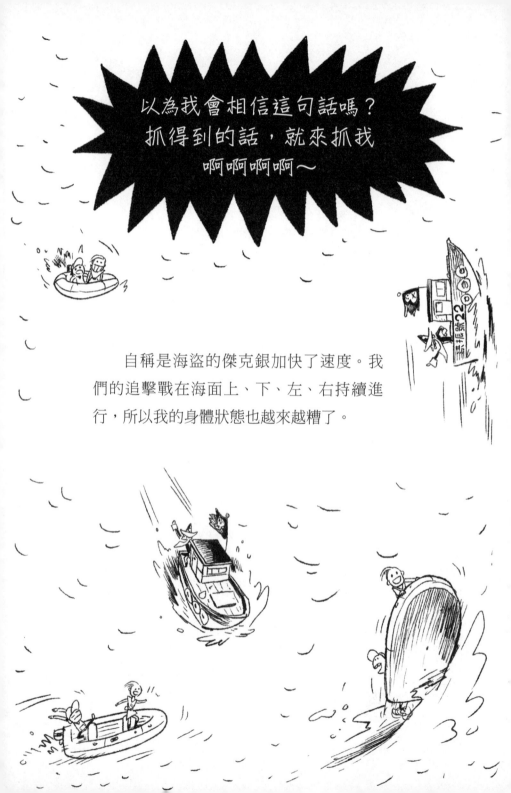

以為我會相信這句話嗎？
抓得到的話，就來抓我
啊啊啊啊～

自稱是海盜的傑克銀加快了速度。我
們的追擊戰在海面上、下、左、右持續進
行，所以我的身體狀態也越來越糟了。

「那、那個……紫羅蘭，拜託速度慢一……我快死翹翹了……嗯！」

「別跟我說話，小藍探員。啊，再這樣下去，就要被他溜掉了。」

「媽媽」根本不聽我說話，還邊從小熊腰包拿出火箭炮。

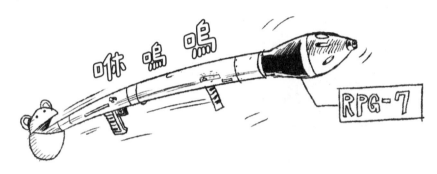

「我最討厭的就是『慢』！看我的『反作用力出招』！」

「不行！」

這時，傑克銀的小型快艇也開始發射大炮。
「哇哈哈哈！見識一下加勒比海風的炮彈吧！」
啊啊！我暈船了！快停止，海盜大叔！

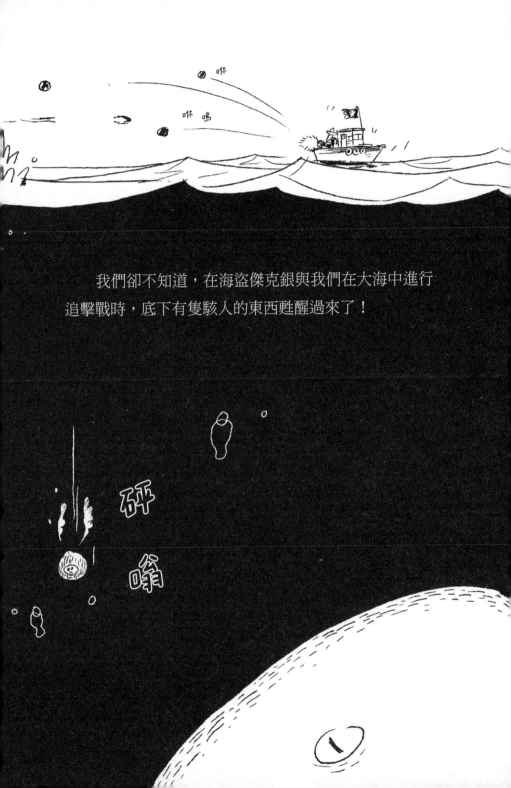

我們卻不知道，在海盜傑克銀與我們在大海中進行
追擊戰時，底下有隻駭人的東西甦醒過來了！

那就是海盜傑克銀說的「海怪」。

海洋的帝王——海怪甦醒過來了！

見識到這隻龐大海怪驚人的「威嚴」後，我們都愣住了。

可是海盜傑克銀卻忘情的大喊：

海怪粗暴的甩動巨腿，海盜傑克銀和我們搭乘的船隨即四分五裂。

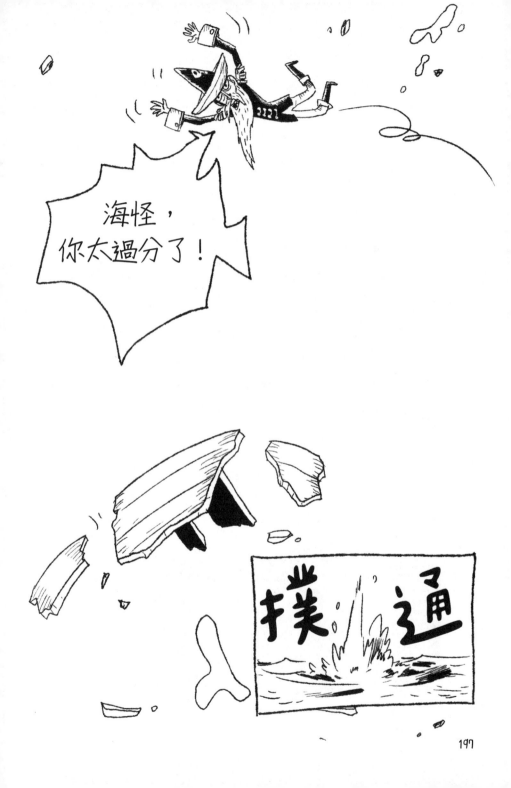

被拋到高空的我們接二連三「撲通」掉進水裡。在黑漆漆的大海中，我的心臟開始「咚咚咚咚鏘」的跳動著。

我怕大家忘了，所以再說一次——我很怕水。所以，要是這樣沉下去，我就……

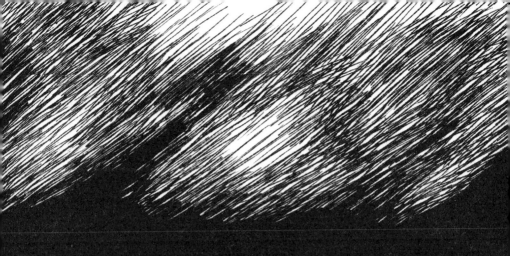

　　我被死亡的恐懼嚇得腦袋一片空白──難道我就這
樣，得在過去的 1991 年結束生命嗎？火箭人的技術都
還沒全部學會……

再見了，2021 年，

再見了，媽媽，

再見了，不知道長相的爸爸，

再見了，火箭人，

再見了，小胖，

再見了，鄰居叔叔，

再見了，美國唱片 Billboard 排行榜第一的夢想。

就在此時，我看到一束光芒，媽媽的身影出現了——是 2021 年的媽媽。

「小藍，小藍，別擔心，媽媽立刻救你出去。」

「媽媽，我好想你。」

媽媽伸出手，把我拉上海面，我的眼睛也慢慢闔上了。

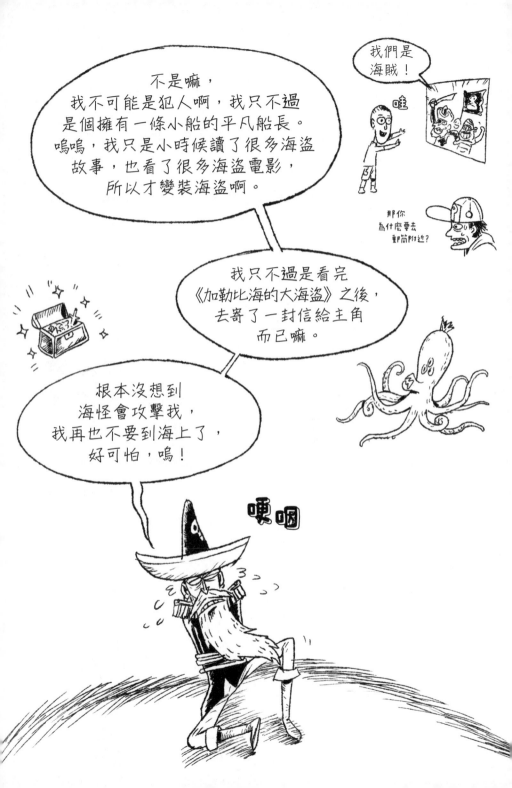

沒錯，已經證明海賊傑克銀與這次案件無關，這下子嫌疑犯也少了一名。

　　「呼！這次又落了空。小藍探員，雖然行動很危險，但總之第二名嫌犯的調查也結束了。」

　　「對不起，因為我怕水……變成你的包袱。」意志消沉的我用很微弱的聲音回答。

「小藍探員，以後說話不用這麼拘謹，我們年紀相仿，這樣相處會比較輕鬆。還有，既然第二名嫌犯也確定沒有嫌疑了，來，徽章給你。姜藍，雖然你很怕水，但表現依然很勇敢，因此有充分的資格可以接受這枚徽章。來，收下吧。」

　　本來心情有點低落，但收下第二枚徽章之後，心情似乎好了一點。
　　「嗯，謝謝你，紫羅蘭。」

滑板是一種科學

X遊戲狂熱粉絲姜小藍，滑板技術一把罩，不過大家都不知道滑板有多難。

不僅要有出色的平衡感對抗瞬間的重力，也要能完美處理摩擦力和迴轉力。

踢滑板

用腿拉高前半部

唯有如此，才能夠順利滑滑板。滑板之神「羅德尼·穆倫」曾說：

YEAH!

滑板是一種科學。

要是無法完美掌握那一刻，就會變成這樣。

床是一種科學嗎？

跌落

撞

哼！

和我一起奔馳吧！

5. 嫌疑犯金火爆教練與宋沙拉老師

「等一下！現在是懷疑我們是威脅犯嗎？親愛的，你說這可能嗎？」

「就是說啊，你們怎麼可以隨便那個，呃，怎麼講，嗯……怎麼隨便誣賴善良的人。」

「媽媽」和我現在站在兩個怒髮衝冠的人面前。我們離開碼頭後，緊接著來到市區的大型健身中心。難道我們是來運動的嗎？當然不是囉，我們是來追查嫌疑犯的。健身教練「金火爆」與瑜珈兼有氧老師「宋沙拉」也是 MSG 威脅案件的嫌疑犯之一。

「請冷靜一下，我們只想問幾件事。」

鎮定點

叫我們怎麼冷靜啊！

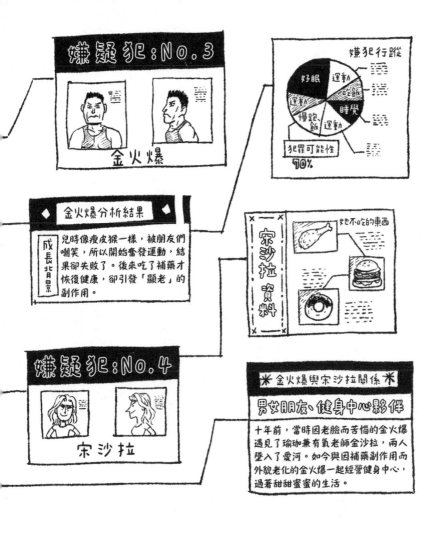

「搞什麼，你們怎麼可以不分青紅皂白就跑進來懷疑和誣賴我們！」

宋沙拉老師勃然大怒。

「喔，當然不可以啦，這個叫做那個……喔，對了，『妨礙』營業。」金火爆教練也在一旁幫腔。

「非常簡單，剛好你們是兩個人，我們也是兩個人，就用男對男、女對女的方式比試，一較高下吧！怎麼樣？只要你們贏了，想知道什麼都告訴你們。」

「哎唷，看看她說話的樣子，完全是個鬼靈精。
親愛的，對吧？」

「喔……真是，嗯，裝模作樣，就是這樣。」

第一回合由大塊頭金火爆教練和瘦小、只會玩滑板的我進行比試。啊，我還會點饒舌啦，咚哧咚哧。

呃，叔叔，面對我這種「弱咖」，您一定要這麼熱血沸騰嗎？嗚……

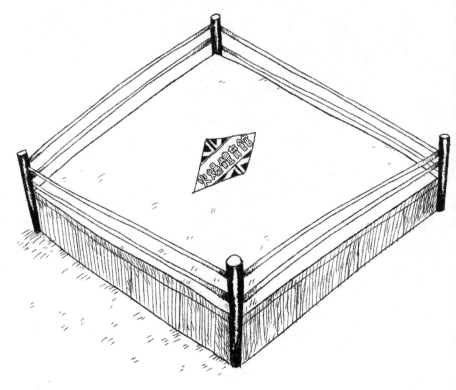

這是擂臺。

　　說真的，就算以後變成了老爺爺，我應該也忘不了
這對惡劣的情侶。

從前從前，
有一對惡劣的情侶，
爺爺我啊……

「光是這樣比試太無趣了。親愛的，你說對不對？」

「啊，這叫什麼，對啦，無庸置疑。」

宋沙拉老師同時在擂臺上撒了一些東西，一看就知道那是什麼，所以我嚇得發抖了起來。

因為那是樂高積木耶。

相信只要是明眼人都知道這個殺人兵器——樂高積木！

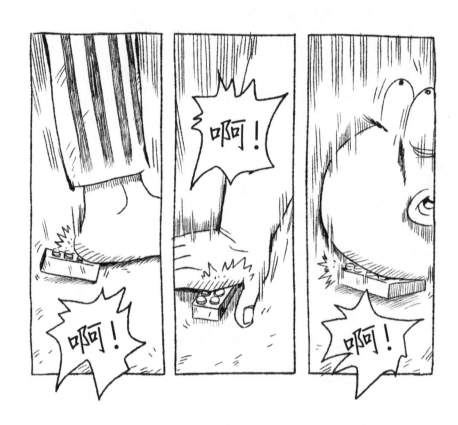

竟然把那個令無數人痛苦萬分的危險東西撒在擂臺上。
我的腳已經開始發麻了！啊——

就在此時，一聲清脆的鈴聲響起，金火爆教練使
出一記「短臂金臂勾」襲擊我的脖子。

緊接著，我突然感覺到自己的身
體飄浮在半空中。

「等一下、等一下！」

　　呃啊啊啊啊！背部撞擊到樂高積木，我痛得手腳亂
舞。沒有體會過的人，絕對無法理解這種痛苦！

　　「小藍探員，別輸了。」

　　「媽媽」說要助我一臂之力，於是突
然彈起了吉他。哎唷，令人暈頭轉向。

　　「哎呀，親愛的太帥啦！呵呵呵，
竟把我們當成犯罪者，為此付出代價吧！」

在劇痛之下，我的意識恍恍惚惚，但金火爆教練很來勁的將我甩來甩去。

「嗯，再這樣下去，小藍就糟了。史塔斯基博士，呼叫史塔斯基博士。」
「什麼事啊？紫羅蘭探員。」

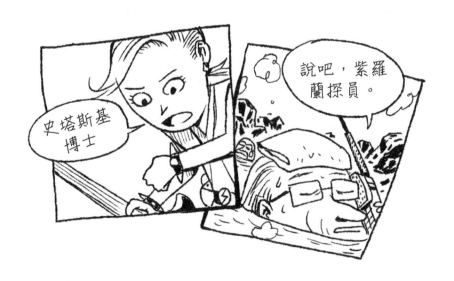

「博士，現在小藍探員陷入了危機，他全身上下都是樂高積木，這下該怎麼辦才好呢？」

「什麼？嗯，剛好有一套戰鬥服研發完成，可以用小藍來實驗看看。我會把它傳送到你的腰包。」

我拚命保持微弱的意識，看到「媽媽」朝我丟了一個東西。我好不容易用手抓住它，發現是一件戰鬥服。它突然像是海綿吸水般包覆住我的身體。

我的四肢突然冒出了未知的力量，我的口中也發出了「啊答！」的喊叫聲。

接著，金火爆教練的攻擊看起來就像慢動作一樣。

我彷彿被李小龍附身般，輕輕鬆鬆就打倒了金火爆教練。

　　「哎呀，沒事吧？他們怎麼可以這樣打人啊。親愛的，很痛吧？」

　　宋沙拉老師似乎很難相信，自己的男朋友竟然被這種小鬼打敗了。

「媽媽」和宋沙拉老師進入了對決，兩人比的是有氧馬拉松。用一句話來簡單說明比賽規則，就是——跳有氧舞蹈，看誰先累了就輸了。

　　「媽媽」和宋沙拉老師換上有氧運動服，站在收音機前面。

　　「哼！還挺可愛的嘛。不過，你昨天晚上吃了宵夜吧？腰間都多出一圈『游泳圈』了。」

你、你在說什麼?！

「要是能比現在少五公斤就好了，真可惜啊，小胖妹！你說是不是啊？親愛的。」

「喔，對啊。」

這時，「媽媽」一臉通紅的大吼：

「快點放音樂啦，別再管別人身上有多少肉了！」

儘管身為冷靜的探員，一提到減肥的話題，「媽媽」也會惱羞成怒。

「媽媽」，加油！

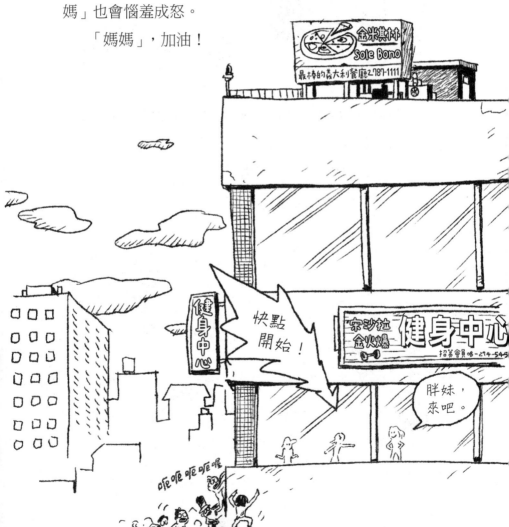

第一首播放的歌曲是克里夫·理查的「We don't talk anymore」，他是在我出生之前很受歡迎的英國歌手，所以我不認識。我喜歡的是嘻哈音樂，Peace！

總之，「媽媽」和嫌犯宋沙拉老師慢慢暖身，進入了有氧運動對決。

「哼！碳水化合物成癮者，你才不是我的對手。」

「大嬸，你先擔心自己吧！」

有氧運動對決已經持續三小時了。

雖然宋沙拉老師途中連續使出精神攻擊，但「媽媽」維持一派頂尖探員的作風，從頭到尾忍耐得很好。我說真的，如果不是世界頂尖的菁英探員，一定很難抵擋這些惡劣的攻擊。

收音機播放起《皇后合唱團》的「Under Pressure」，而我和金火爆教練開始下棋。

就在兩人似乎已經達到極限，感到很吃力的時候，宋沙拉老師不知從腰間拿出什麼東西，快速放進嘴裡。

但 MSG 的探員不可能會錯過這一幕。

「媽媽」身手矯健的接近宋沙拉老師，在她的腰間發現了一個東西。

噢，媽媽咪啊！

「我的天啊！這不是巧克力棒嗎？」

「媽媽」吃驚的大喊，宋沙拉老師絕望的說：「對，沒錯，是巧克力棒，我實在太累了，血糖太低了，嗚嗚。」

宋沙拉老師邊哭，邊說起自己的故事。

　　「其實，直到不久前，我還是一個超級大胖妹，我
拿出必死的決心減肥，才有今天的苗條身材。嗚嗚，但
我現在受不了了，整個腦袋都只想著巧克力棒。」

　　「那你承認自己輸了嗎？」

　　「對，我們輸了，徹頭徹尾輸了。親愛的，對不
對？」

　　金火爆教練也點了點頭。

「那我就只問一件事，為什麼你們去了郵筒那裡？是寄威脅信到 MSG 嗎？」

「媽媽」問完後，宋沙拉老師隨即回答：

「威脅信？你在說什麼？我是有去那裡寄巧克力免費兌換券啦。對不對啊，親愛的。」

「對啊，對啊，沒錯。」

我們把大口吃著冰淇淋的宋沙拉老師留在身後，離開了那裡。

「呼！這次又白費了力氣。」

總而言之，至少確定第三、第四名嫌疑犯都不是威脅 MSG 的犯人。

「姜藍，你剛才真的表現得很優秀，我還以為李小龍死而復生了。」

我很神氣的抬頭挺胸，讓「媽媽」替我把新得到的徽章別在帽子上。

好，再次出發吧！

首次拆彈任務

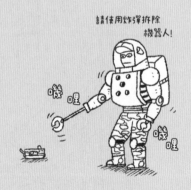

6. 下一個嫌疑犯是誰？

　　另一方面，MSG 情報局的人正焦急的等著我們，其中以性格火爆的鬥牛犬局長最為坐立不安，一直盯著時鐘看。

威脅犯只給了二十四小時的時間，讓鬥牛犬局長變得很焦慮。雖然隨時可以收到探員報告進度，但在極度焦慮下，他已經吃掉兩大罐含有咖啡因的狗餅乾了。

但是他吃了狗餅乾之後，似乎也不見效果。

所以，我們只能加快腳步行動。

無法登場的安德森

勿忘我

真正的 6. 嫌疑犯金米其林主廚

　　我們搭乘都市移動器「風火輪」抵達市區的義大利餐廳，門口寫著：這裡的披薩與義大利麵是由世界第一的廚師做出來的。

　　我媽媽也很會做義大利麵呢！嗚……

現在，嫌疑犯就只剩下這個義大利餐廳的主廚了，所以「媽媽」和我都認為這個人應該就是凶手了。我們用手環看了金米其林主廚的檔案。

　　「紫羅蘭，他就是寫威脅信的凶手嗎？」

　　「很難說，不過既然是最後一名嫌疑犯，是凶手的可能性也最高吧？」

根據先前的經驗，為了避免嫌犯心生排斥，我們決定先變裝，再觀察動靜，伺機行動。

　　打開門走進去之後，聽到了一個大塊頭的聲音。

　　「Benvenuto，歡迎光臨。」

　　「啊，這裡就是那知名的金米其林主廚經營的餐廳『Sole Bono』嗎？」

　　不論是記者的聲音或是語調，「媽媽」都模仿得維妙維肖。

　　「是的，沒錯，感謝兩位大駕光臨。」

「媽媽」和我的作戰計畫是這樣的。先偽裝成美食餐廳評審團，設法討這位金米其林主廚的歡心，再趁機打聽情報。

可是金主廚的表情卻很難看。

難道他察覺到有什麼不對勁了嗎？

「你們這些傢伙終於來到這裡啦！可惡的傢伙！」

金米其林主廚的反應完全出乎我們意料，「媽媽」和我很不知所措。

「媽媽」連忙說道：「啊，金米其林主廚，您應該是有什麼誤會……」

激動的金米其林主廚開始亂丟身旁的食材和工具。

「呃啊──接招吧！」

「呼叫史塔斯基博士！博士，聽到請回答。」

「紫羅蘭探員，有什麼事啊？」

「博士，我現在在最後一位嫌疑犯金米其林主廚這裡，請您協助調查他的近況與個人情報。」

後來我們才得知金米其林主廚大發雷霆的原因。

「原來是因為曾有美食餐廳評審團到金米其林主廚之前經營的餐廳用餐，但是評審團卻說食物很難吃，給了一顆星的評價。」

史塔斯基博士接著說：

「從此之後，金米其林主廚的那家餐廳門可羅雀，最後只能關門大吉。經歷這段時間的低潮，金米其林主廚決定重新來過，開了這家『Sole Bono』餐廳。」

但是，更大的問題來了，那就是……

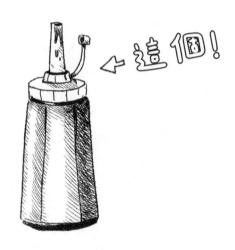

← 這個！

你想問這是什麼？這是我們熱愛的番茄醬啊！

那有什麼問題嗎？嗯，因為這罐番茄醬在空中畫出了一條拋物線，掉在「媽媽」的裙子上頭啦。

呀啊啊啊

噗哧

可是「媽媽」的反應很奇怪，她低下頭，一句話也不說。

嗯，看到番茄醬翻倒在衣服上頭，每個人都會生氣吧？尤其是很在意外表的十幾歲少女更是如此。

但是，「媽媽」絕對不是十幾歲的平凡少女，
她可是世界情報局 MSG 的首席情報員！

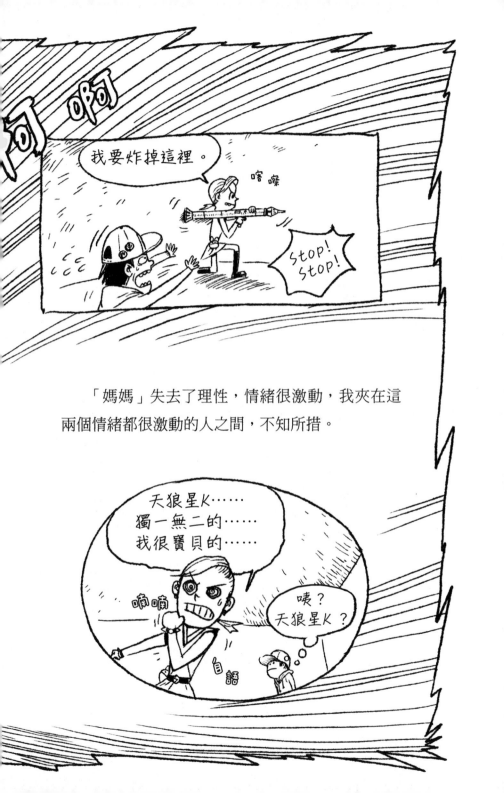

「媽媽」失去了理性，情緒很激動，我夾在這兩個情緒都很激動的人之間，不知所措。

我看著「媽媽」怒氣沖沖了好一會兒，突然想到了一個妙計。

　　「紫羅蘭，這是我每次生氣時會使用的方法，你跟著我做一次。」我教「媽媽」如何消除怒氣。

把一隻手
放在胸口，

低下頭，

大口大口吐氣。

接著，「媽媽」的臉色漸漸起了變化，呼吸聲也變平穩了。

這招真的很有效喔，因為我很生氣時也經常使用這個方法。

你們生氣時也可以試試看喔。

不過，「媽媽」為什麼這麼生氣？好像和天狼星 K
有關？

「小藍探員，這方法真的很不賴耶！我氣消了許
多。謝謝你教我這個方法，不過，你怎麼會知道這些
啊？」

「啊，這個嘛。」

這時，過去的記憶有如靈光乍現。

在我六歲還是七歲的時候，小胖把我很寶貝的玩具弄壞了，當時我超級生氣，大吵大鬧了一番。

於是，媽媽對我說：
「小藍，你好好看媽媽怎麼做，跟著做一次。」

接著，我按照媽媽說的去做，氣真的消了一大半。

當時媽媽說的話，我記得很清楚──
「這是以前有人教媽媽的。」

「他是媽媽在世界上最珍惜、也最愛的人，
在媽媽小時候教我的。」
　媽媽最珍惜也最愛的人？
　年幼的我，當時只覺得「喔，是喔」。

呆頭　　呆腦

那不就是
我囉？

叮咚！答對了，
呵呵呵！

卡三茲
又是塑膠

　　我的頭好像瞬間被鐵鎚敲了一下。媽媽「最珍惜、也最愛的人」就是我。沒錯，媽媽一定早就知道了。

淚流滿面

來到這裡之後，我實在太想媽媽，想到受不了了。
嗚……嗚……

「小藍探員，打起精神，姜藍！怎麼突然哭了？」

「清醒一點！我早就說過，如果敢再叫我一聲『媽媽』，就要把你大卸八塊吧？現在不是哭哭啼啼的時候，我們得趕快執行任務！」

　　金米其林主廚丟來的平底鍋不偏不倚敲到我的後腦杓，於是我瞬間清醒過來。

　　沒錯，現在任務才是第一優先，我要趕快完成任務，回到 2021 年！

　　「這兩個小鬼竟然在這裡胡鬧，談起兩小無猜的戀愛，還不快滾出去！」

現在不管說什麼，情緒激動的金米其林主廚好像都聽不進去，所以我們開始絞盡腦汁想點子。

忽然間，我們靈光乍現，想到了一個好點子。我們決定立刻採取行動。

金米其林主廚殺紅了眼，在他亂丟醬料罐、廚房用具與食材時，我們打了一通電話給他。

「喔耶！終於抓到犯人了。」

「金米其林主廚，你是世界情報局 MSG 威脅案件的罪犯，我們要逮捕你。」

「你們這些壞傢伙！還不快點放開我！你是在說誰威脅誰啊？」

　　就像所有嫌犯一樣，金米其林主廚也否認自己的犯罪行為，不過當然騙不了我們的眼睛啦。我們一舉逮捕他，而我也會因此多了一枚徽章。呼呼！

「好，走吧，把你的罪行一五一十的說出來吧。」

我們把金米其林主廚綑綁起來，準備打道回府。一切終於要結束了，我應該也可以找到回家的方法吧？

媽媽，
再等找一下。

可是，某個地方突然傳來了一個聲音，是聽起來非常熟悉的聲音。

啊，嗯嗯。

沒錯！那是鬥牛犬局長的聲音。

你有時光機嗎？

7. 機密代號 X 的誕生

在 MSG 情報局的鬥牛犬局長，
到現在仍坐立不安的等待著我們。

終於聽到門外傳來聲音。

「局長，紫羅蘭與姜小藍探員抵達了。」

「噢！好，終於回來了。逮捕到犯人了嗎？金米其林就是犯人吧？」

啊，那個……犯人是抓到了啦，不過金米其林主廚不是犯人。

什麼？那麼真正的犯人在哪裡？

「媽媽」和我一臉尷尬的向著布條蓋住的地方。

「這是什麼？」

「犯人在這裡，局長。」

「什麼？」

鬥牛犬局長、史塔斯基博士和貴賓狗小姐圍在一塊，眼睛盯著被布條遮蓋的東西。

眼見史塔斯基博士和貴賓犬小姐焦急難耐，鬥牛犬局長一把拉開了布條。

犯人的真面目終於揭開。

「呃，這是什麼？」

鬥牛犬局長驚慌失措的問道。

「是鸚鵡。」

「不是啊，身為獨眼狗的我也知道這是一隻鸚鵡，可是，你們意思是這隻鸚鵡就是 MSG 威脅案件的犯人？」

「是的，局長。」

「這個醜不拉嘰的小不點威脅世界最頂尖的情報局 MSG？這要叫我怎麼相信？」

這時，鸚鵡說話了。

> 喂，鬥牛犬，
> 你話講得太難
> 聽了吧？

這裡連鬥牛犬和貴賓狗都會說話了，鸚鵡會說話自然沒有什麼好大驚小怪的。

> 你這傢伙，就是寄
> 威脅信到MSG的
> 真正犯人嗎？

> 是啊，沒錯，
> 信是我寫的。

「像你這樣微不足道的鸚鵡，怎麼可能知道 MSG 的祕密，還能威脅我們？我不相信。」

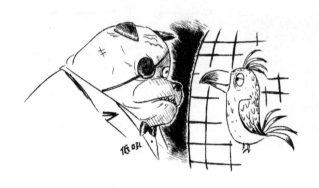

低吼

「局長，你不記得我了嗎？不覺得我好像似曾相識嗎？」

鬥牛犬局長看了鸚鵡一會兒，接著大叫：

「沒錯！我記得你！我經常光顧金米其林主廚的餐廳，你是那裡的鸚鵡！」

「沒錯，我知道你的祕密，因為我在餐廳都聽見了，嘎嘎。」

我記得你！

鸚鵡用鬥牛犬局長的聲音說話：

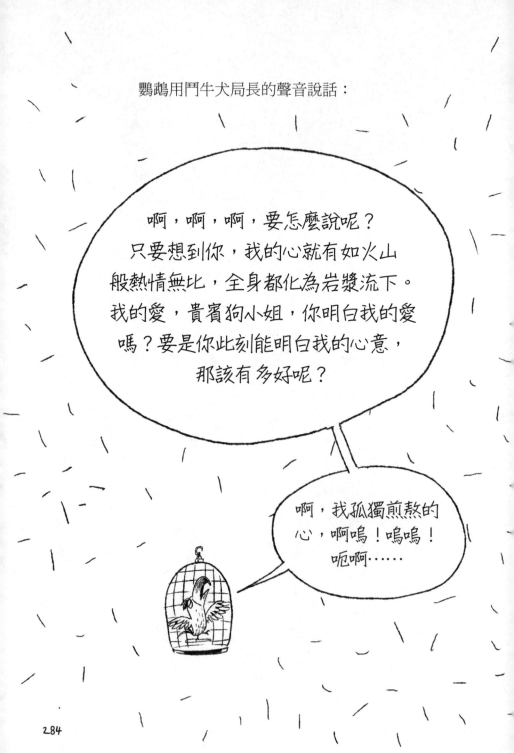

啊，啊，啊，要怎麼說呢？
只要想到你，我的心就有如火山
般熱情無比，全身都化為岩漿流下。
我的愛，貴賓狗小姐，你明白我的愛
嗎？要是你此刻能明白我的心意，
那該有多好呢？

啊，我孤獨煎熬的
心，啊嗚！嗚嗚！
呃啊……

聽完鸚鵡說的話之後，大家都臉色發白，只有一個人——不，應該說「一隻」嗎？——總之，只有鬥牛犬局長用低沉的聲音喃喃自語。

鬥牛犬局長的臉紅得就像一顆番茄，不對，已經紅到變成土色的了，甚至讓人忍不住擔心，再這樣下去，局長的臉是不是會爆炸。

其實，鬥牛犬局長已經暗戀祕書貴賓狗小姐很久了。為了有朝一日要向貴賓狗小姐告白，他曾多次光顧金米其林主廚的餐廳，自己待在那裡偷偷練習，每一次都被這隻鸚鵡聽到。

「住口！住口！」

鬥牛犬局長滿臉通紅的大吼。

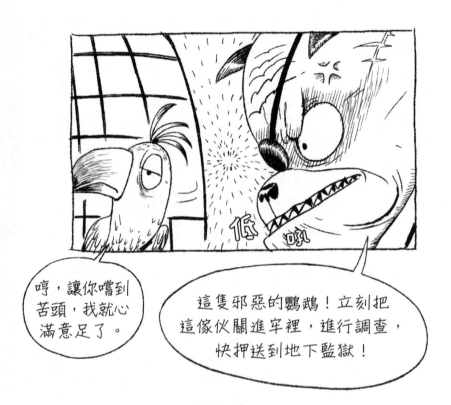

哼，讓你嚐到苦頭，我就心滿意足了。

這隻邪惡的鸚鵡！立刻把這傢伙關進牢裡，進行調查，快押送到地下監獄！

MSG威脅案件就這麼空虛的結束了。

貴賓狗小姐冷冰冰的轉身走掉，留下鬥牛犬局長在原地站也不是，坐也不是。

哼！

沒錯，整起案件就是因為鬥牛犬局長的「愛情」而起。
史塔斯基博士站在失望的鬥牛犬局長後面說：
「好了，案件似乎也告一段落了。」

「雖然發生了許多插曲，但案件和平圓滿落幕了。」史塔基博士邊開香檳邊說。

「慶祝大家平安無事、案件順利解決，還有敬我們的新人情報員姜小藍小朋友。啊，各位請用汽水來乾杯。」

可是，一群在後面偷偷看熱鬧的實習情報員帶著埋怨的口吻說道：

「哼！什麼嘛，不過就是個毛頭小子，真令人不高興。」

「我還巴望他會失敗呢。」

「可惡，真嫉妒。」

喂，我也是有耳朵的，可以不要講那麼大聲，讓我全都聽到嗎？

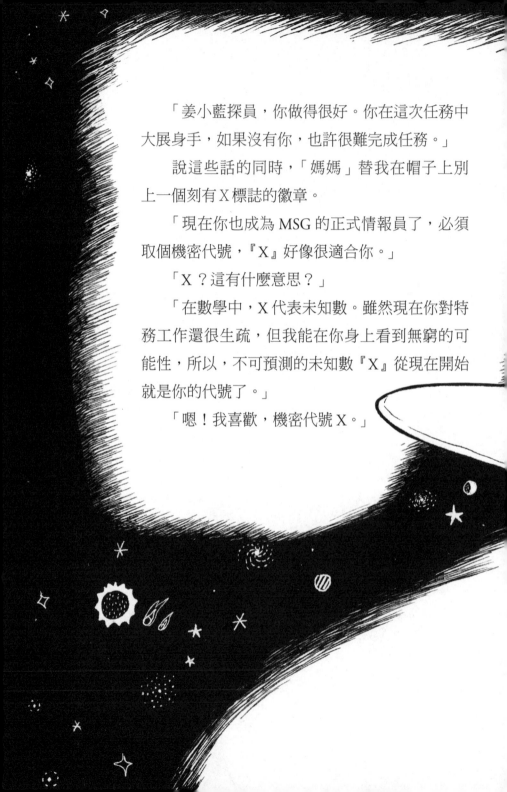

「姜小藍探員，你做得很好。你在這次任務中大展身手，如果沒有你，也許很難完成任務。」

說這些話的同時，「媽媽」替我在帽子上別上一個刻有X標誌的徽章。

「現在你也成為MSG的正式情報員了，必須取個機密代號，『X』好像很適合你。」

「X？這有什麼意思？」

「在數學中，X代表未知數。雖然現在你對特務工作還很生疏，但我能在你身上看到無窮的可能性，所以，不可預測的未知數『X』從現在開始就是你的代號了。」

「嗯！我喜歡，機密代號X。」

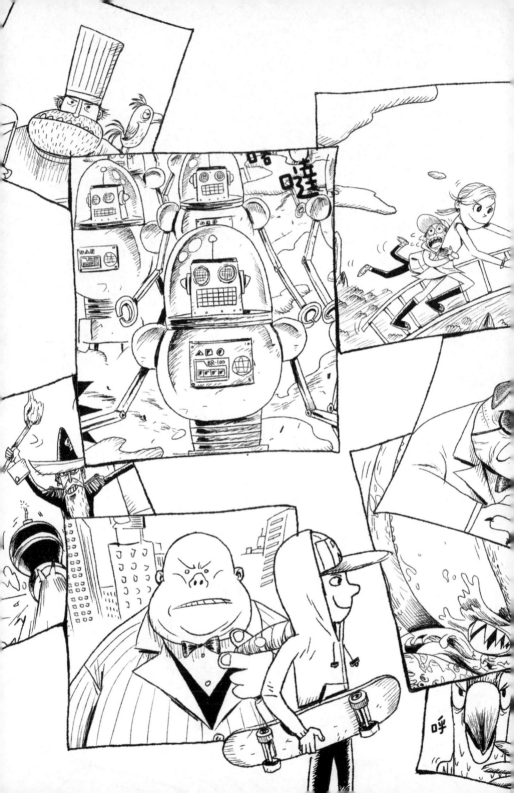

瞬間，2021 年的生活變得好遙遠，就像一場夢，彷彿在這裡的情報員生活好像才是我的真實人生。

　　但是，看著 1991 年兒時的媽媽，我越來越想念 2021 年的媽媽——媽媽的嘮叨、媽媽的動作、媽媽的笑聲、媽媽煮的泡菜鍋，連媽媽的溫暖擁抱都讓我好懷念。

「媽媽」很自豪的在我的額頭輕輕親了一下。

我嚇得連連倒退好幾步。

「幹麼這麼吃驚？我是開玩笑的，呵呵呵！」

我不斷往後退，然後一屁股跌坐在鬥牛犬局長的椅子上。

咻～

喀！

呀呀呀

我的屁股好像按到了什麼，低頭一看，發現了這個玩意。該⋯⋯該不會？！

不會吧?

撲咻嗚嗚

大家都看起來好幸福。

　　但是，好像都沒人關心我能不能回我真正的家，唉！我一直有種不祥的預感，覺得自己可能沒辦法離開「過去」了。

你以為故事結束了吧？還沒喔！

也許，真正的故事現在才要開始……

作者的話

　　機密代號 X，這名字聽起來帥氣十足吧？執行不可能的任務，還有不知真實身分的祕密情報員，雖然聽起來很危險，卻散發出一種刺激萬分的冒險氣息吧？

　　假如我媽媽以前是一名傑出的情報員，還有……如果我能回到過去，和媽媽一起大展身手當情報員，那會是什麼樣子呢？這個疑問促使我創作了這個故事。其實，每個媽媽都具備了超能力——要處理分量多到嚇人的家事；在目不暇給的東西裡頭，準確找到想要的東西，甚至連廚藝都好得嚇嚇叫，這全多虧了媽媽們都曾在少女時期接受過「情報員訓練」吧！啊，我當然是開玩笑的。無論有沒有受過情報員訓練，媽媽們的驚人能力都無庸置疑，因此，要是你在家裡的抽屜裡突然發現了情報員證書或火箭炮，也不要太吃驚喔！

　　現在的我，正全心全意的創作繪本，許多小讀者大概會認為我只是一個繪本作家，但我的夢想是征服世界……啊，不是啦，是創造主角快樂冒險的故事——我指的是在繪本中無法發揮得淋漓盡致的搞笑元素、動作場面、各種武器、超級惡劣的壞人，或是會出現在咻咻漢堡店續杯三十五次的壞蛋故事。不過，這並不代表我對繪本的熱愛減少喔！哈哈哈。

《機密任務：代號 X，抓住那個嫌犯！》裡有許多我過去創作漫畫、插畫、繪本的軌跡，以及一切存放在心中的感受，像是在這本書中充滿了因為各位不熟悉，可能忽略的各種「歷史畫面」，像是我引用 1980 年～1990 年代作品的畫面，包括在《科學小飛俠》出現的鳳凰火箭、《007》系列登場的情報員、《魔鬼終結者》（查理滴答會長持有的「賽博坦系統公司」就是發明魔鬼終結者的公司）、《灌籃高手》、挪威海怪和海賊，還有那個時代的流行歌曲、皇后合唱團、滾石樂團、克里夫 · 理查等老歌手，幾乎我喜愛的一切都在裡頭，哦！而且還有滑板和饒舌！

　　從腦中浮現《機密任務：代號 X，抓住那個嫌犯！》這個點子，歷經了整整一年才讓這本書來到各位面前。我懷著興奮難抑的心情創作了這本書，盼望各位讀者在閱讀這本書時，也能度過愉快美好的時光。

　　請期待往後小藍與李純……不對，是和「紫羅蘭」即將展開的冒險與友情！（還有即將登場的天狼星 K）
　　那麼下次再見囉，掰～

機密代號 Mr. K

機密任務之結案報告
——親子共讀圖文小說的小訣竅

文／陳欣希（臺灣讀寫教學研究學會 創會理事長）

*** 警告：不希望小孩沉迷閱讀的大人，絕對別看此份文件！倘若不小心看了，也絕對不要依文中的小訣竅試行！否則，一定會被小孩拉進《機密任務：代號X，抓住那個嫌犯！》書中！切記切記！

> 代號 C 任務：找尋能讓大人引領小孩一起閱讀圖文形式小說的方法。

【機密任務小說特點分析】：300 多頁看似厚重，實則輕薄！原因如下：

1. 本書顛覆「小說文字多」的印象，這本小說圖多文少，而且還是類漫畫風格，意味著——生動的情節畫面直接顯現於讀者眼前！

2. 特務故事一向吸引人，再加上「主角發現紫羅蘭探員的祕密、被吸到另一時空，因而助『媽媽』一臂之力」，這樣的情節能讓小讀者發覺自己的重要性！

3. 除了主角小藍與紫羅蘭個性鮮明，配角也很突出，尤其是對吃很感興趣的小胖、名副其實的鬥牛犬情報局局長等。懸疑緊張的故事中常因他們而有「笑」果！

【適用小孩狀態分析】：

1. 閱讀能力偏弱型小孩：此類孩子喜歡聽他人說書，但獨自閱讀的門檻高了些！但要留意，這通常是指文字

閱讀能力偏弱的小孩。換言之，若是閱讀圖像，小孩的表現就不一樣，常會出乎大人的意料之外呢！

2. 有能力無動力型小孩：此類孩子有識字、理解詞句段的能力，但除了回應大人交代的任務以外，少主動閱讀。簡言之，他們尚未感受到閱讀的意義！

代號 C 任務報告：可依孩子能力與動力、時間，找尋鼓勵閱讀的解方。

小孩狀態 適用情形	閱讀能力偏弱型小孩	有能力無動力型小孩
與小孩共讀時間有限時	關鍵：建立孩子自信！ 原則： 1. 逐章閱讀 2. 大人小孩各自閱讀自己擅長的媒介（文字或圖像）。 流程：小孩讀第一章的圖畫→小孩說第一章的內容給大人聽，以比對文字→小孩再讀第二章的圖→小孩說第二章，依此類推。	關鍵：讓小孩知道讀這本小說的目的可以是「放鬆心情」、「考驗能力」或「比對自己」。 原則： 1. 大人與小孩共讀。 2. 約定分享的時間。 流程：大人小孩選定自己的閱讀目的→各自找時間閱讀→分享自己的發現。
可餘裕與孩子共讀分享時	關鍵：讓小孩對自己閱讀能力有信心，並適時引導小孩閱讀策略。 原則： 1. 逐章閱讀。 2. 大人小孩一起閱讀自己擅長的媒介（文字或圖像），再一起比對圖像和文字的關係，輔以討論情節或出現的時代文化。 流程：大人小孩依序閱讀，可輪流讀文字與圖畫，交流彼此讀到的訊息，分享故事中提到的音樂或是電影元素。	

結案

找回閱讀的喜悅和快樂

文／彭遠芬（臺南市國語文輔導團專任輔導員、閱讀推手）

　　初翻開此書，思緒便不斷跳躍於精彩爆笑的插圖與生動趣味的文字之間，身為成人的我被作者充滿童趣的創意逗得暈頭轉向。赫然之間，一股熟悉的感覺竄動全身，彷若在哪裡似曾相似——原來是我課堂上的一些孩子們，他們常在閱讀寫作的歷程中，自發的創作出像這樣幾近無厘頭卻又充滿哲理與奧妙樂趣的故事！我恍然驚覺，原來像作者這樣洋溢赤子童心與幽默筆觸的作品，可以為讀者帶來如此大的喜悅和快樂！

　　不過，這本書可不是只有幽默，書中大量的圖畫，佐以動感與機智的文字故事，在穿越時空的情境裡鋪陳了吊人胃口的特務辦案情節，引導讀者一步步像是偵探般，和主角姜小藍一起破解謎底。作者使用的語言與孩子相當親近，相信國小年紀的孩子讀來，必定會感到相當親切，同時也能在充滿無邊無際想像力中享受閱讀。此外，很特別的是，作者不是讓主角和朋友一起冒險，而是安排成長過程中不可或缺的角色「母親」，讓孩子透過與母親一起執行任務，輕鬆愉快的照見親子相處之間可能會出現的溝通問題、角色混淆、認知落差等，相信能為孩子帶來不一樣的思考！孩子在閱讀的過程中，

除了會被爆笑的情節深深吸引，更能與主角姜小藍產生深刻的連結與同理，看見自己在依賴與個體化的轉化歷程之間所可能會面臨的難關，也能藉此明白，不論如何艱困，終能建立在理解的基礎之上，以開放而幽默的心態，與父母、師長同心協力化解。

書中也設計了許多趣味細節，像是科學小飛俠、魔鬼終結者……這些曾讓大讀者的童年充滿回憶的歷史畫面，因而如果在親子共讀本書時，可以試著播放書中提及的歌曲，讓孩子對父母的生長背景有多一些了解，也可以一起想像：若是孩子回到父母的青春年代，想為自己設計什麼樣的任務一起破解呢？又或是途中會遇到什麼困難呢？如同作者以音樂等元素提示讀者時空背景一般，當孩子對父母的成長背景有更深的理解，兩代之間便會多一份同理，多一份溫柔，孩子對創作故事的想像力，也能因此加廣、加深；再試著引導孩子寫下腦袋所想的故事，最勁爆而真情的親子故事，必定精彩可期。

樂讀 456

066

機密任務 I：
代號 X，抓住那個嫌犯！

作 繪 者｜姜景琇
譯　　 者｜簡郁璇
責任編輯｜楊琇珊
版型設計｜曾偉婷
電腦排版｜中原造像股份有限公司
行銷企劃｜陳雅婷、葉怡伶

發 行 人｜殷允芃
創辦人兼執行長｜何琦瑜
副總經理｜林彥傑
總　　 監｜林欣靜
版權專員｜何晨瑋、黃微真

出版者｜親子天下股份有限公司
地址｜台北市 104 建國北路一段 96 號 4 樓
電話｜（02）2509-2800　傳真｜（02）2509-2462
網址｜ www.parenting.com.tw
讀者服務專線｜（02）2662-0332　週一～週五：09:00~17:30
讀者服務傳真｜（02）2662-6048
客服信箱｜ bill@cw.com.tw
製版印刷｜中原造像股份有限公司
法律顧問｜台英國際商務法律事務所・羅明通律師
總經銷｜大和圖書有限公司　電話：（02）8990-2588

出版日期｜ 2021 年 2 月第一版第一次印行
　　　　　 2021 年 8 月第一版第二次印行
定　　 價｜ 320 元
書　　 號｜ BKKCJ066P
ISBN ｜ 978-957-503-705-5（平裝）

訂購服務
親子天下 Shopping ｜ shopping.parenting.com.tw
海外・大量訂購｜ parenting@cw.com.tw
書香花園｜台北市建國北路二段 6 巷 11 號　電話（02）2506-1635
劃撥帳號｜ 50331356　親子天下股份有限公司

國家圖書館出版品預行編目資料

機密任務 1：代號 X，抓住那個嫌犯！／姜景琇作.
　-- 第一版. -- 臺北市：親子天下股份有限公司，
　2021.02
　　312 面；14.8×21 公分. -- (樂讀 456 系列；66)
　譯自：
　ISBN 978-957-503-705-5（平裝）

862.596　　　　　　　　　　　　　　　 109019351

立即購買 >